澎湃野吉旅行趣 3

北海道
我真的冷到！

澎湃野吉◎圖文　張秋明◎譯

＊ 前言 ＊

不知道大家有沒有想過？
北國大地的北海道和部長說的冷笑話，
哪一個比較冷？
「那要看是什麼樣的部長」會如此回答的人，
我認為應該是冷靜如同冬天的阿寒湖一樣的人吧。
不過呢!!我要加大音量對會那樣子回答的人提出質疑!!
加到比在魯夏灣遇見的黑棕熊還要大!!
你們到底以為這是一本什麼樣的書呢!!蛤！
那裡畢竟不是部長，而是北海道啊!!
至少也要夾著冷笑話一樣回答：
「當然是北海道比較冷！尤其說到稚內冬天的寒冷
那是沒去過的人無法理解的!!」＊（＊稚內的發音和無法理解類似）
正確的回答如下：「看季節而定，
冬天的北海道超級寒冷，不過夏天的北海道不冷，
甚至很涼爽很舒服。
夏天時部長的鼻頭油脂滿漲，感覺很噁心。」
因此我們這一次去了冬天的北海道和夏天的北海道，
一如蝦夷黑貂夏天和冬天的毛色不同
如果能讓讀者們感受到季節的差異與魅力，
相信部長也會很高興。
請樂在其中吧。

2009.04 Bon.

出場人物介紹

☆澎湃野吉（小澎）

本書作者，♂，
元祖（自稱）足不出戶插畫家。
身為旅行系列書的作家卻不喜歡旅行。
討厭搭飛機、討厭香菇，
討厭寒冷卻也不喜歡炎熱，
總是靜靜地窩在家裡的角落。
年過35，剛吃過的早餐內容
才轉頭就忘得一乾二淨，所以記錄旅行
絕對少不了錄影機和數位相機。

＊專長：
完全無視於截稿期限、
音訊杳然。

☆SUZU編輯

澎湃野吉的責任編輯，♀，
BONte編輯部總編輯，
工作同仁中，地位最高。
喜歡旅行、純粹的戶外派。
興趣是出門旅行會帶著井上先生（猴子布偶），
無視於眾人的眼光，
在每個景點拍照擺pose。

＊專長：
不偏食把東西吃光光。

※本書2009年5月初版發行。之後因為種種原因，
2012年6月再發行，所有登場人物的服務單位、年齡、職業都以初版當時紀錄為準。

☆金子編輯

BONte編輯部編輯，♀。

時髦愛漂亮、個性~~可怕~~、很帥氣。

工作同仁中第一強悍

因為是惡魔（設定），所以講話

像日文片假名一樣有稜有角。

她在BONte比作者還要受到讀者們的喜愛。

明明是作者的簽書會，

卻比作者拉風，真是莫名其妙。

身體技能超人一等

＊專長：

最強。沒事就拚命吃東西

卻一點也不會發胖。

☆平田編輯

BONte編輯部編輯，♀。

工作同仁中最愛睡的人。

清醒的時候很有能力，

但大部分的時間都在睡覺。

過去曾因睡懶覺沒搭上公車，

因為睡過頭沒趕上電車，

這一次終於又沒搭上「那個」。

＊專長：

睡過頭。

※ 關於「BONte」，2005 年 3 月 ~2009 年 8 月以澎湃野吉為中心的角色創意書，
以季刊形式發行，「澎湃野吉旅行趣」系列根據在「BONte」的連載再追加繪製，出版而成。

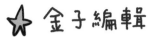

知床岬
shiretoko-misaki
知床半島
shiretoko-hanto
美幌峠
bihoro-toge
nosappu-misaki
納沙布岬
nemuro
根室
阿寒湖
akan-ko
kushiro-shitsugen
釧路濕原

北海道
這一次去過
地點的簡易地圖
宗谷岬
soya-misaki
稚內
wakkanai
美瑛
biei
札幌
sapporo

CONTENTS

※本書是將原連載於漫畫雜誌《BONte》（Goma Books發行）的圖稿加以大幅增添修訂後的版本。內容主要是根據2007年2月～2008年7月的取材經驗，其中或許包含了某些主觀的見解和誇張扭曲的漫畫表現手法，敬請理解。另外書中提及的「日本最北端」、「日本最東端」則是以「一般人有可能到達的範圍」為前提。

Chapter 1

往最北端的路①

2007年2月
抵達札幌

卡嚓
噠噠噠噠
想不想去看札幌的雪祭呢！
咚—
耶!!
關於這次的取材，因為剛好要去札幌辦簽書會，在札幌雪祭會場還特別製作了小澎的雪像，所以這一次除了辦簽書會和參觀雪祭外，還要順便做一次北國大地之旅。♪
呵呵呵
蝦密？我變成札幌雪祭的雪像了嗎？
那也太強了吧
那後面的城堡是什麼？
是呀，但不會做得那麼大啦。只是擺在會場走道邊的小型雪像而已。
拜託你又不是那麼夢幻的漫畫人物……
好歹也是個難得的紀念嘛。現在工作人員正在幫你做喲
這是誰呀
不知道
只是那些工作人員完全都不知道小澎和奇比小語
那就找知道的人做呀
接著就要前往夢寐以求的北國大地了
啪
大家也會想要順便一探日本最北端吧
義正詞嚴
還好啦
哦，那就是這次的澎湃挑戰嗎？

我來說明吧。所謂的澎湃挑戰是為了讓作者澎湃野吉成為日本第一的插畫家而四處探訪日本的No.1。總之是想先讓他有成為日本第一的感覺，結果卻像是迂迴繞路而且還走錯了方向。所以麻煩司機先生，請先停止計費!!就像這樣的澎湃挑戰的企劃。
在上一次的《富士山我來亂了》，成了爬上日本第一高峰的插畫家。
起床了!!
要去吃螃蟹嗎♪
就這樣，所有成員都想立即出發，問題是還有工作沒做完。只好讓小澎和SUZU編輯早一天先到札幌舉辦簽書會，我和金子編輯當天一早再直接搭飛機過去會合
起床啦!!
妳到底是多愛睡呀
那就保重囉♪
咱們改天見──!!
簽書會兼雪祭兼一探日本最北端之旅
第四天 抵達日本最北端宗谷岬!!
稚內
第三天 往稚內移動
第一天 小澎、SUZU抵達
第二天 金子、平田抵達 小澎簽書會 參觀雪祭
札幌

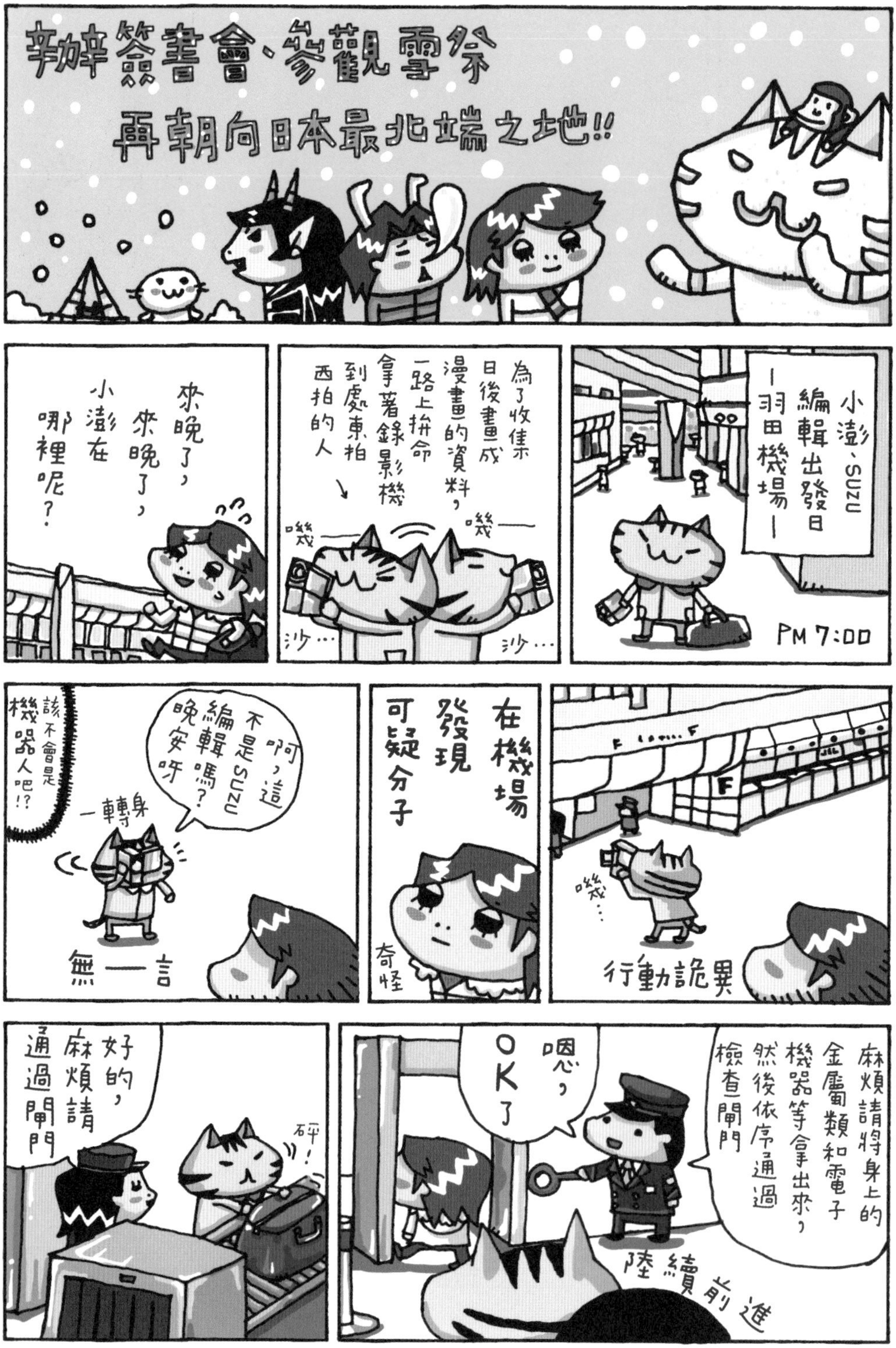
辦簽書會、參觀雪祭
再朝向日本最北端之地!!
小澎、SUZU編輯出發日
—羽田機場—
PM 7:00
為了收集日後畫成漫畫的資料,一路上拚命拿著錄影機到處東拍西拍的人
嘰—
嘰—
沙…
沙…
來晚了,來晚了,
小澎在哪裡呢?
行動詭異
嘰…
在機場發現可疑分子
奇怪
啊,這不是SUZU編輯嗎?晚安呀
一轉身
該不會是機器人吧!?
無一言
麻煩請將身上的金屬類和電子機器等拿出來,然後依序通過檢查閘門
嗯,OK了
陸續前進
好的,麻煩請通過閘門
砰!

嗶—!!
咻
那位先生請過來這裡
不知道為什麼，幾乎是100%的機率會出這種問題的人
哦，又來了……
口袋裡有沒有鑰匙或零錢呢……
好的，請再通過一次
嗶—!!
麻煩請過來這裡
嗶—!!
無言
那傢伙不會是機器人吧
為什麼每次都會響呢
好久沒搭飛機，好興奮喲。♪
不過跟去義大利的時候不一樣，這次是去札幌，一下子就到了。倒是小澎因為澎湃旅行的取材，不知搭過多少次飛機，應該已經習慣了吧……
恐機症
渾身顫抖
無法習慣嗎……
明明很好玩的說
緊張不安
你不……不覺得這架飛機好像比較小嗎？沒錯吧？
搞不好有根螺絲釘鬆了，那邊的座位比較安全……
念念有詞
萬一機長不小心忘了帶墨鏡，「飛機起飛時突然覺得『陽光好刺眼』」……
我還是改搭臥鋪火車去吧

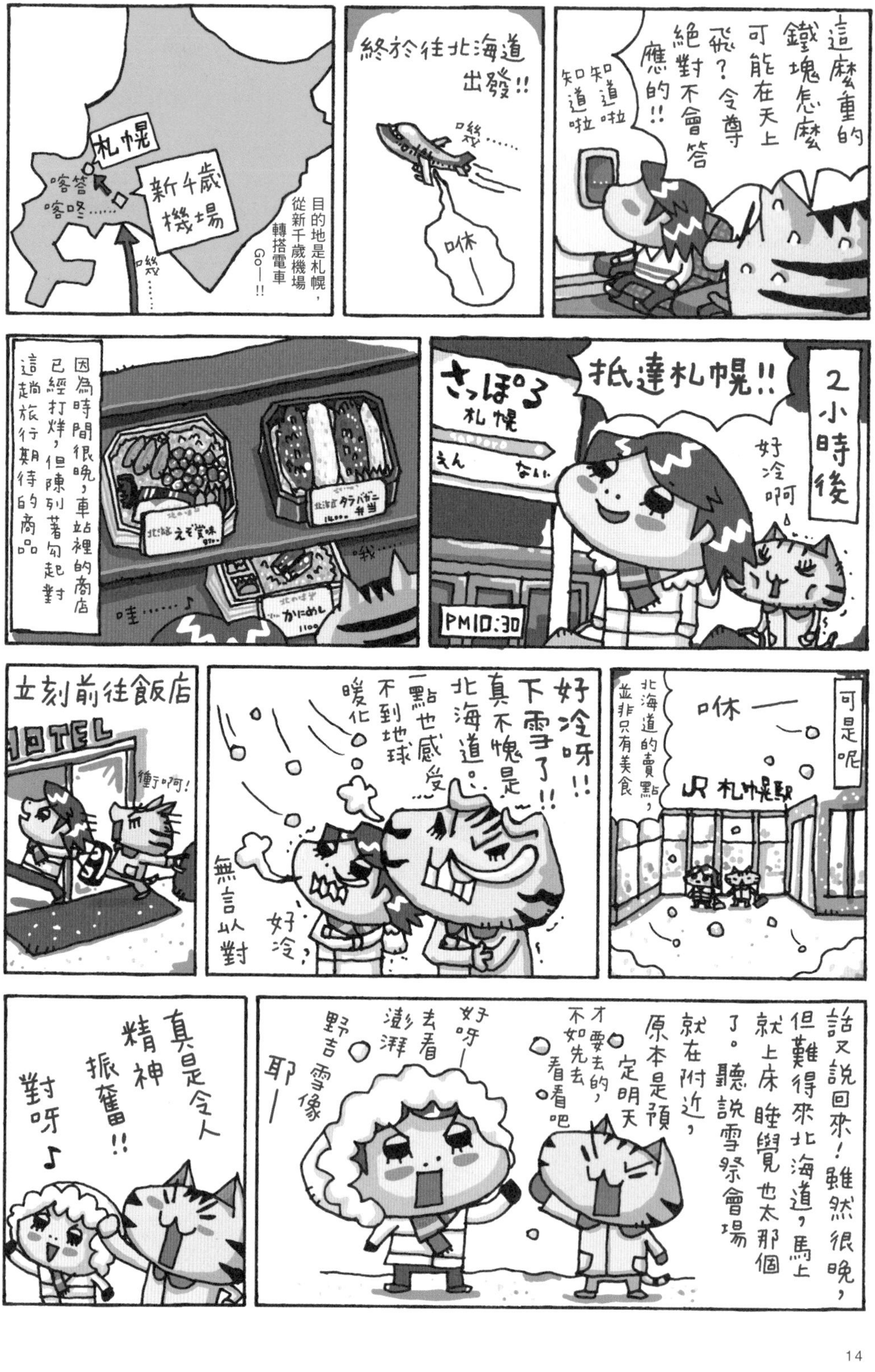

札幌
新千歲機場
喀答
喀咚……
咻……
目的地是札幌，從新千歲機場轉搭電車Go——!!
終於往北海道出發!!
咻……
咻——
這麼重的鐵塊怎麼可能在天上飛？令尊絕對不會答應的!!
知道啦知道啦
因為時間很晚，車站裡的商店已經打烊，但陳列著勾起對這趟旅行期待的商品
北海道 えぞ賞味
北海道 タラバガニ弁当
かにめし
哇……♪
哦……
2小時後
抵達札幌!!
さっぽろ
札幌
えん
なえい
好冷啊
PM10:30
立刻前往飯店
HOTEL
衝啊!
好冷呀!!
下雪了!!
真不愧是北海道。
一點也感受不到地球暖化
無言以對
好冷？
可是呢
咻——
北海道的賣點，並非只有美食
JR 札幌駅
話又說回來！雖然很晚，但難得來北海道，馬上就上床睡覺也太那個了。聽說雪祭會場就在附近，
原本是預定明天才要去的，不如先去看看吧
好呀——去看澎湃野吉雪像耶——
真是令人精神振奮!!
對呀♪

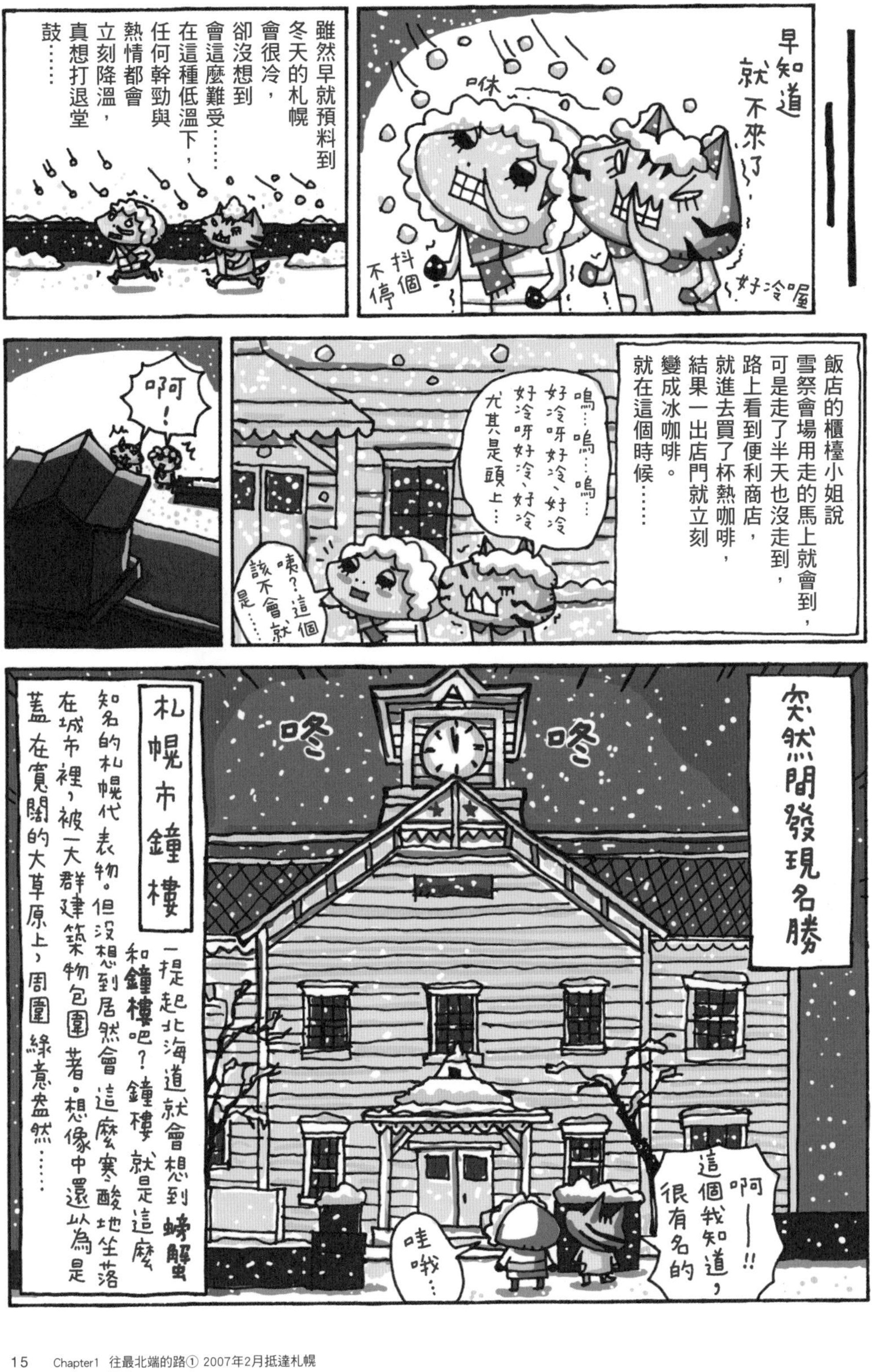
早知道就不來了
咻~
不抖個停
好冷喔
雖然早就預料到冬天的札幌會很冷，卻沒想到會這麼難受……在這種低溫下，任何幹勁與熱情都會立刻降溫，真想打退堂鼓……
飯店的櫃檯小姐說雪祭會場用走的馬上就會到，可是走了半天也沒走到，路上看到便利商店，就進去買了杯熱咖啡，結果一出店門就立刻變成冰咖啡。就在這個時候……
嗚…嗚…嗚…好冷呀好冷、好冷 好冷呀好冷、好冷 尤其是頭上…
咦？這個該不會就是……
啊！
突然間發現名勝
咚
咚
札幌市鐘樓
一提起北海道就會想到螃蟹和鐘樓吧？鐘樓就是這麼知名的札幌代表物。但沒想到居然會這麼寒酸地坐落在城市裡，被一大群建築物包圍著。想像中還以為是蓋在寬闊的大草原上，周圍綠意盎然……
啊——!! 這個我知道，很有名的
哇哦…

啊，對了。SUZU編輯，我幫妳拍照。以鐘樓為背景。
哇，可以嗎？那就麻煩你了。
我要拍了。說起—司
嗯，這張拍得很好，值得留念♪
謝謝你♪
拍嚓
啪嚓
啪嚓……
嘰……
時間是午夜十二點
噹……!!
噹……!!
哇
響音了耶，鐘聲響音了耶
噹噹——
到底好在哪裡（生氣）
噹——
好在哪裡？
一片靜悄悄
一過午夜，燈光秀也結束了
雪像
雪像？
雪像？
午夜一過，終於到達雪祭的會場!!
札幌電視塔
0:02
明天簽書會結束後，再來參觀吧
好冷
好冷
好冷
好冷
先繞去便利商店再回飯店吧
雖然有個很像澎湃野吉的雪像，但是看不清楚♪

今天的戰利品
白熊瓜拿納＆黑熊瓜拿納
在便利商店找到的。
北海道限定
應該是啤酒吧
BEAR
其實上面寫的是BEAR，但以為是啤酒。心想在旅途中用喝酒助眠，很像大人才有的雅興。沒想到買回去，進了房間一看才發現不是BEER，而是BEAR真是要命。
瓜拿納是什麼？
用瓜拿納果實做的碳酸飲料，據說含有很多咖啡因。在北海道是很普遍的流行飲品，不是啤酒
獨自一人在房間喝
咕嚕 咕嚕 咕嚕
嗯，
該怎麼形容呢？
有點像是
合利他命C的提神飲料，
味道很特別，
感覺上還不錯喝……
應該說是……滿好喝的。
不過那不重要，
問題是飯店房間好冷呀！
雖然沒有外面那麼冷，
但是札幌人在這麼
冷的房間裡睡得著嗎？
發抖 發抖 發抖 發抖
將空調轉到最高溫
15 20 25 30℃
喀… 喀… 喀…
感覺沒什麼作用
沒辦法，只好將帶來的衣服全都穿在身上睡覺
札幌的冬天真是可怕
嗚…嗚…
明天是簽書會

井上先生的旅行相簿

大家好。在這裡要介紹幾張井上先生我精選出來的照片，不過這次到日本最北端的取材之旅，他們並沒有帶我去……。

晚上10點半，抵達札幌。下雪了。大雪紛飛。可是當地居民似乎都不撐傘，稀鬆平常地走在雪天中。

過了半夜12點，燈光秀已然結束，基本上算是抵達雪祭會場。白雪反射路燈的燈光，沒想到還很明亮。

微光中發現澎湃野吉雪像。雖然說看到自己創作的漫畫人物變成雪像很高興，但是小澎的樣子很像是被凍僵了。

前往雪祭會場途中，因為發現鐘樓，拍了紀念照。

就這樣，第一天也夜深了……。

Chapter2

往最北端的路②

2007年2月
簽書會與
晚上的雪祭

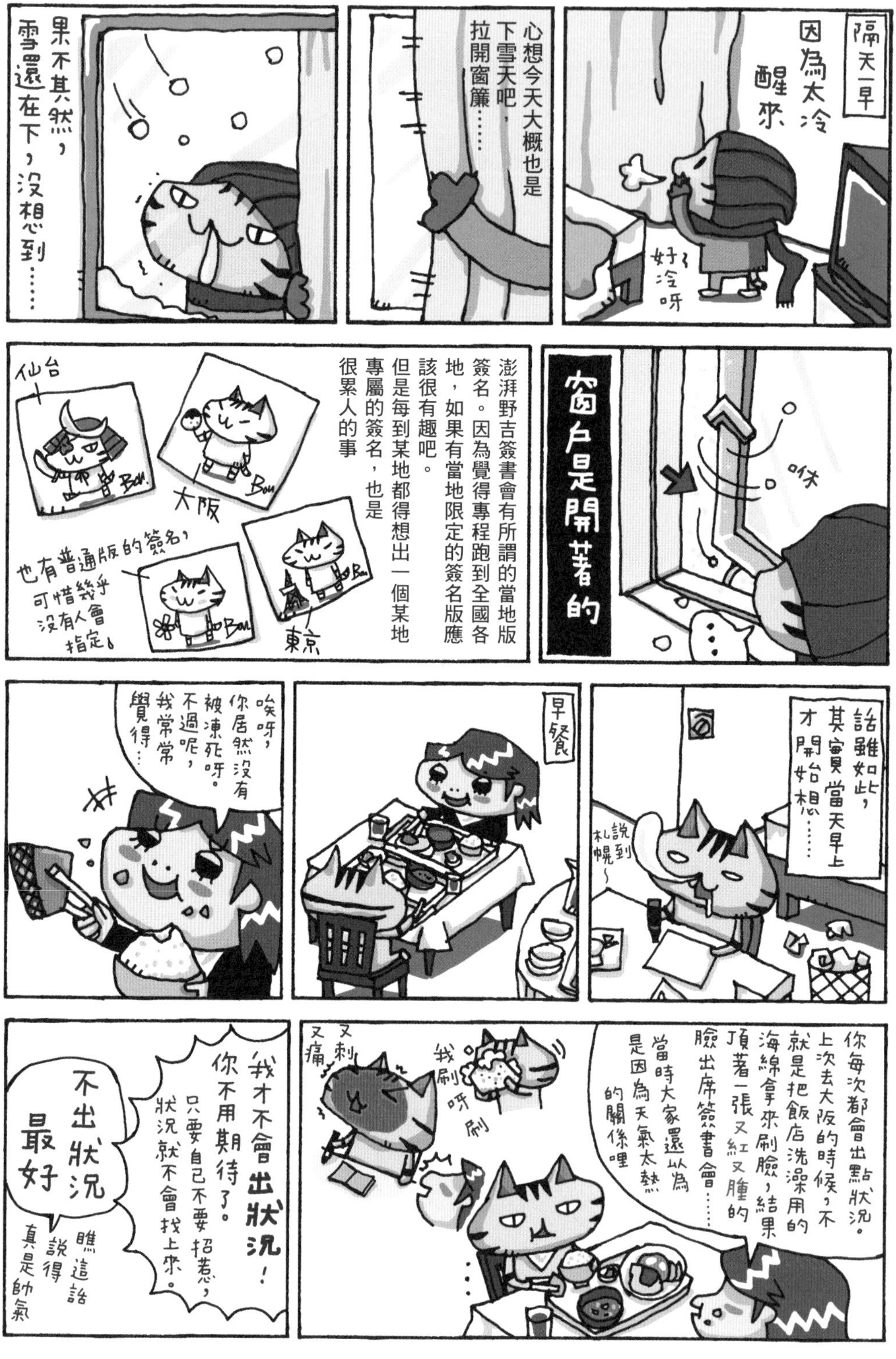
隔天一早
因為太冷醒來
好冷呀
心想今天大概也是下雪天吧，拉開窗簾……
果不其然，雪還在下，沒想到……
窗戶是開著的
咻
澎湃野吉簽書會有所謂的當地版簽名。因為覺得專程跑到全國各地，如果有當地限定的簽名版應該很有趣吧。但是每到某地都得想出一個某地專屬的簽名，也是很累人的事
仙台
大阪
東京
也有普通版的簽名，可惜幾乎沒有人會指定。
話雖如此，其實當天早上才開始想……
說到札幌~
早餐
唉呀，你居然沒有被凍死呀。不過呢，我常常覺得…
你每次都會出點狀況。上次去大阪的時候，不就是把飯店洗澡用的海綿拿來刷臉，結果頂著一張又紅又腫的臉出席簽書會……
當時大家還以為是因為天氣太熱的關係哩
我刷呀刷
又刺又痛
我才不會出狀況！你不用期待了。
只要自己不要招惹，狀況就不會找上來。
不出狀況最好
瞧這話說得真是帥氣

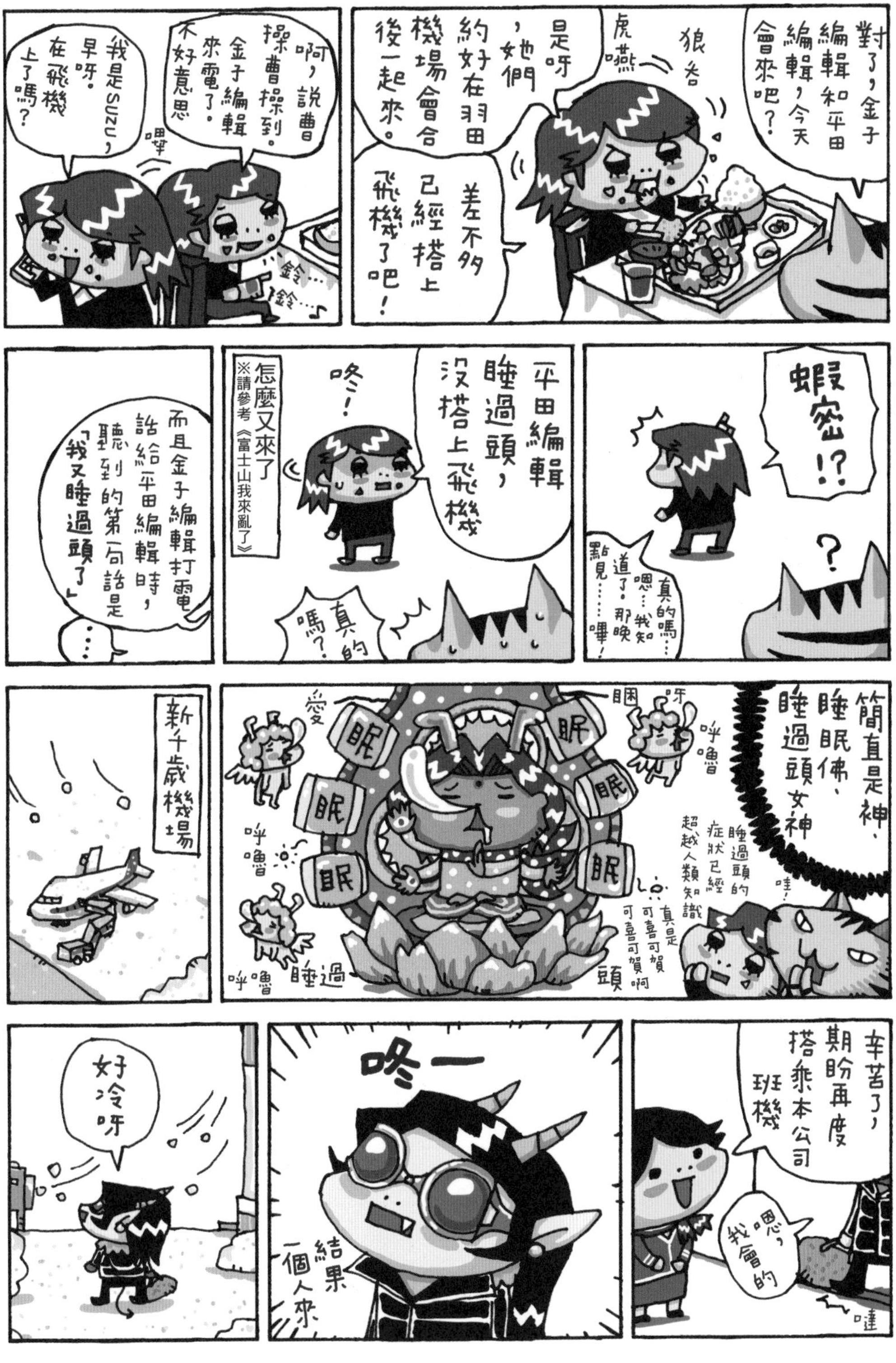

對了，金子編輯和平田編輯，今天會來吧？
狼吞
虎嚥
是呀，她們約好在羽田機場會合後一起來。
差不多已經搭上飛機了吧！
啊，說曹操曹操到。金子編輯來電了。不好意思
鈴…
鈴…♪
嗶
我是SUZU，早呀。在飛機上了嗎？
蝦密!?
?
真的嗎……嗯…我知道了。那晚點見……嗶！
平田編輯睡過頭，沒搭上飛機
咚！
怎麼又來了
※請參考《富士山我來亂了》
真的嗎？
而且金子編輯打電話給平田編輯時，聽到的第一句話是「我又睡過頭了」
……
簡直是神、睡眠佛、睡過頭女神
睡過頭的症狀已經超越人類知識
真是可喜可賀可喜可賀啊
哇！
睏
呀
呼嚕
愛
眠
眠
眠
眠
眠
眠
呼嚕
呼嚕
睡過
頭
新千歲機場
辛苦了，期盼再度搭乘本公司班機
嗯，我會的
噠
咚—
結果一個人來
好冷呀

開場一小時前進入簽書會場，跟負責人打聲招呼
請多多指教
我才要請多多指教
初次見面，我是澎湃野吉，請多多指教
什麼，你不是小澎老師嗎？
還以為是女生
我不是啦，不過常有人搞錯就是了
到休息室進行簽書會的事前準備
準備的東西
黑色麥克筆
因為筆尖會逐漸磨禿，所以得準備好幾枝
灰色筆，用來打陰影
溼毛巾
當地簽名的樣本
妳知道嗎？我為這次的簽書會畫了很棒的版本過來喲♪
又有了嗎？
平常不遵守交稿期限，對這種事倒是挺認真的嘛。
哪裡哪裡，過獎了♪
我可不是在稱讚你
過去準備過的幾種自稱很棒的簽名版本
有簽名的卡片
一開始是為了簽不到書的讀者所準備的印刷卡片，所有簽名都是親手親為，可惜看不出來，最後落得徒勞無功的下場
草稿文件夾
裡面有奇怪小語、WOZZ的草稿、手畫的定稿，有的還沾上了咖啡漬、薯條油漬等，髒兮兮的
至於……這一次呢……
咚——！
澎湃野吉的手作紀念章
咚
砰！
啪！
哇，好棒呀。這東西不錯嘛。♪
呵呵呵
沒錯吧！沒錯吧！
尤其是這種特大號的紀念章很棒喔！
棒在哪裡呢…
連小字都刻得很清楚

＊ Goma's 是指（取材當時的）Goma Books 出版社的編輯群，由澎湃野吉命名，並被如此稱呼。

過了2分鐘
咻……咻……咻 咻……咻咻 咻咻……
過了3分鐘終於完成
りかさんへ
Bon.
07.02.11
好，完成了
啪 啪
和平常的簽書會不一樣……
讓你久等了
實在有夠慢
因此從早上開始到結束，天色都已經入夜了。每次都讓讀者等很久，真是不好意思
難得讀者們專程趕來，可以的話也希望能像藝人的簽名會一樣，把現場搞得有說有笑……
妳好！
從哪裡來的呢？
嘰哩呱啦
飛快簽名
誰呀？
因為忙著畫圖簽名，根本沒辦法好好寒暄，很不好意思。
……
畫一張如果不能在3分鐘內完成，恐怕到了打烊時間也簽不完
冷汗直流！
要抓緊時間喲
話又說回來，這一次最令人驚奇的是……
這個人受歡迎的程度
特別請她來擔任會場的記錄，沒想到……
妳是金子編輯嗎
沒錯吧♡
天啊—
好帥喲
天啊—
大受歡迎
真的是她耶
我好感動喲
我是

哦…各位請保持冷靜。
…
天啊
今天真是來對了♪
妳的鐮刀呢？
可以跟我握手嗎♡
可以跟我拍照嗎
幫我簽名
無言以對
居然比作者還受歡迎！
被那麼多人包圍
收到粉絲給的巧克力
前半段結束
午餐
是哦，居然大受歡迎呀
真的很受歡迎，還有粉絲不停地尖叫
還好啦。肯定是我所散發的魅力跟你不一樣
女神降臨
偷偷摸摸
大家早，我到了
啊
歹勢♪
總算Goma's全員到齊。後半段開始
啪嚓 啪嚓
這個…請你吃
!!
也有讀者會專程帶名產到簽書會來，真是不好意思。每一次大家都津津有味地分享各地名產。

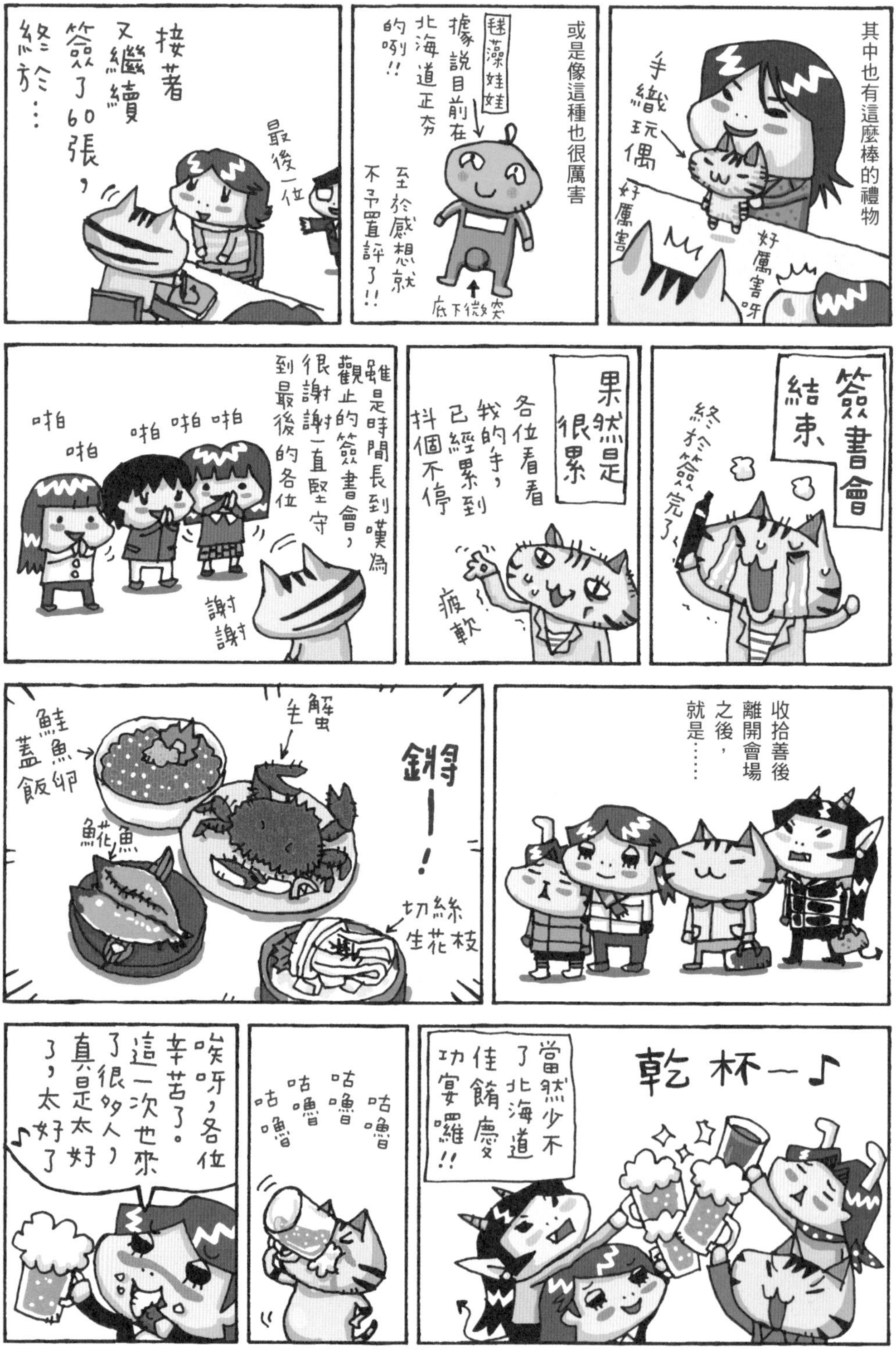

其中也有這麼棒的禮物
手織玩偶
好厲害
好厲害呀
或是像這種也很厲害
毬藻娃娃
據說目前在北海道正夯的咧!!
至於感想就不予置評了!!
底下微突
接著又繼續簽了60張，
終於……
最後一位
簽書會結束、
終於簽完了～
果然是很累
各位看看我的手，已經累到抖個不停
疲軟
雖是時間長到嘆為觀止的簽書會，很謝謝一直堅守到最後的各位
啪 啪 啪 啪 啪
謝謝
收拾善後離開會場之後，就是……
鏘──!
生蟹
鮭魚卵蓋飯
𩸽魚
切絲生花枝
乾杯──♪
當然少不了北海道佳餚慶功宴囉!!
咕嚕 咕嚕 咕嚕 咕嚕
唉呀，各位辛苦了。這一次也來了很多人，真是太好了，太好了♪

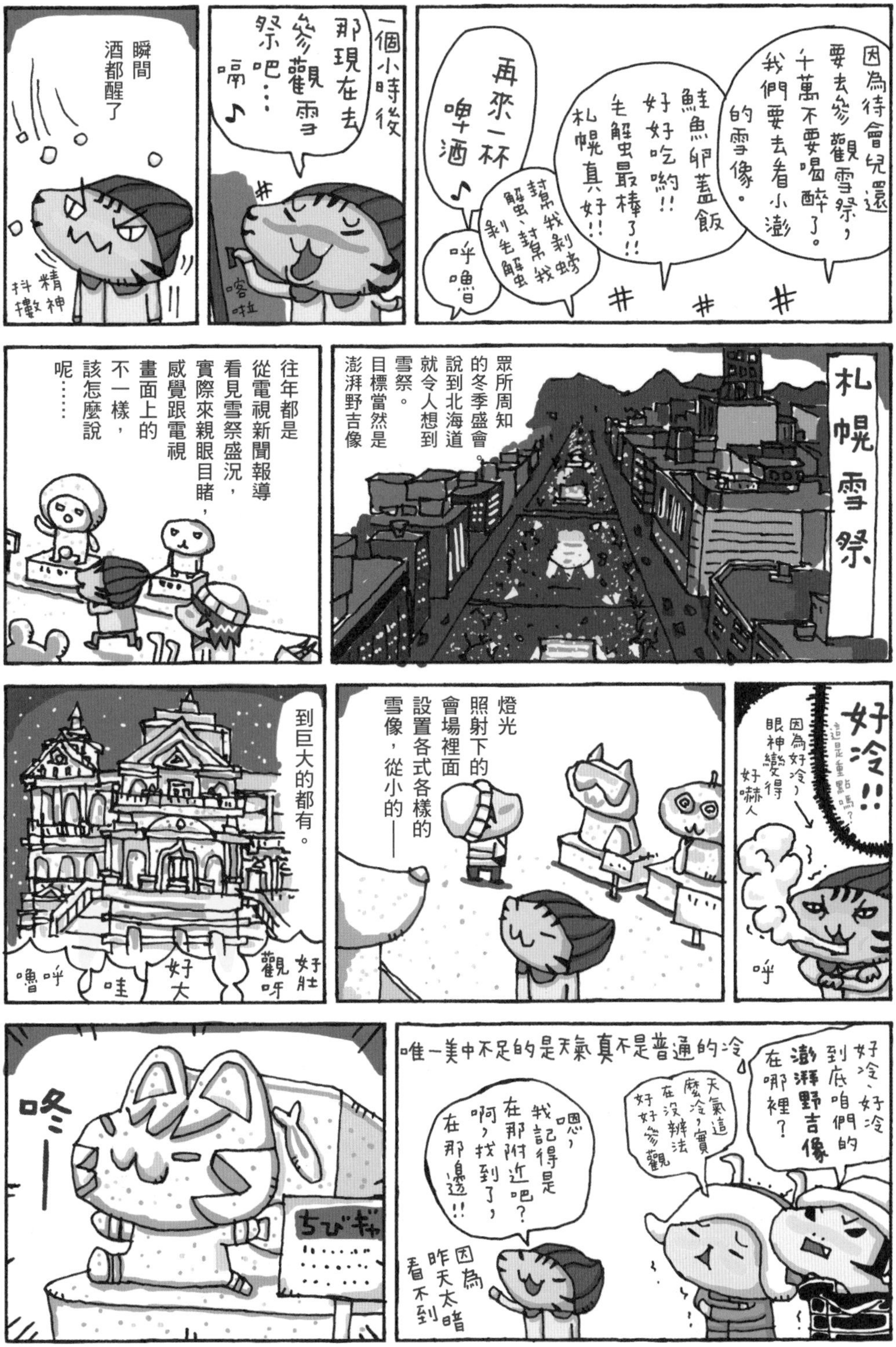
因為待會兒還要去參觀雪祭，千萬不要喝醉了。我們要去看小澎的雪像。
鮭魚卵蓋飯好好吃喲!!
毛蟹最棒了!!
札幌真好!!
幫我剝蟹、幫我剝毛蟹
再來一杯啤酒♪
呼嚕
一個小時後
那現在去參觀雪祭吧…
喃♪
喀啦
瞬間酒都醒了
精神抖擻
札幌雪祭
眾所周知的冬季盛會。說到北海道就令人想到雪祭。目標當然是澎湃野吉像
往年都是從電視新聞報導看見雪祭盛況，實際來親眼目睹，感覺跟電視畫面上的不一樣，該怎麼說呢……
好冷!!
這是重點嗎?
因為好冷，眼神變得好嚇人
呼
燈光照射下的會場裡面設置各式各樣的雪像，從小的——
到巨大的都有。
好壯觀呀
好大
哇
嚕呼
唯一美中不足的是天氣真不是普通的冷
好冷、好冷到底咱們的澎湃野吉像在哪裡?
天氣這麼冷，實在沒辦法好好參觀
嗯，我記得是在那附近吧?
啊，找到了，在那邊!!
因為昨天太暗看不到
咚———
ちびギャ

大吃一驚!!
鬢角做得太誇張了!!
暫且不管鬢角，令人在意的是，其他雪像也一樣，不知道是因為已到了雪祭後期還是地球暖化的關係，已經有些融化的樣子，好可惜
融化了
不過還是很感動
呵呵呵
而且沒想到知道的人還滿多的 謝謝大家
啊，是奇比小語
今天有辦簽書會說
是奇比小語的雪像
好樣的，奇比小語
好厲害
哦
嗯
其中還有這樣的小朋友
啊，奇比小語，奇比小語，我知道他耶♪
哦—在學校裡很紅呢……
聽聽他們說些什麼
哦，還有什麼呢?
感覺整個心情都變好了
咚
加油!小學生
最近的小朋友很辛苦吧
無言
真的嗎!?

哼，我得撐著!!
危險 危險
滑溜溜
滑溜溜
滑溜溜
滑溜溜
滑溜溜
啊
腳滑
嘁——
呃
呼……好險，還好沒被看見，因為一向很酷的金子編輯是不能被看到那種糗樣的
嘁——
……對吧
哈哈，就是說呀，蛋白質嘛
呃!
味噌 拉麵
大致逛了一圈，雖然一再重複地說，但因為札幌的冬天實在太冷了，身體已經撐不下去
這種時候就是那個了!!
渾身顫抖
札幌的夜深了……
香醇濃厚，味噌的香味一級棒，最重要的是熱呼呼的
唏哩呼嚕
呼嚕
唏哩
呼嚕
唏哩
唏哩呼嚕
就他一個人點鹽味拉麵

井上先生的旅行相簿

默默忙著簽書的小澎。小澎誇口說簽一個人只花3分鐘，但平均好像花了4分鐘。大家得耐心等待。

半夜裡，小澎房間的窗戶悄悄開了。難怪會那麼冷。

不提簽名的速度，
細心的程度
倒是不輸任何人。

每次的簽名中都會加上當地特色的插圖。這是北海道版的一種，雪人。

我們也請到場的讀者們留言記念。另外也展示（放著不簽）了小澎的手稿，供自由參觀。

經過一夜，今天的主題是簽書會。小澎說過簽書時一邊聊天容易畫壞，所以他幾乎都不說話。可是跟他攀談時，沒想到他也會回應。

小澎手製的紀念章。最右邊的特大號印章比印泥還要大

也有人在記事本上蓋紀念章

INOUESAN's photo album

慶功宴！上酒了！海鮮儘管來！

滿滿的鮭魚卵！

好大一隻魫魚！

一整盤的螃蟹！

大吃大喝之後，前去欣賞札幌夜色。
晚上9點多的街頭霓虹燈光閃爍，十分美麗。

再一次看到鐘樓。這個時間有打燈光，看起來很漂亮。觀光就是要這樣才行。

這一次是4個人，「說起司」……。
拍照的時候大家一副快凍僵的樣子。

札幌最熱鬧的薄野也在雪祭的會場之中。這一帶的冰雕，顯得比較浪漫喲。

一看到雪像，忍不住側著頭的一行人。左起是SUZU編輯、小澎、平田編輯。啊，因為我沒去，所以看不到我

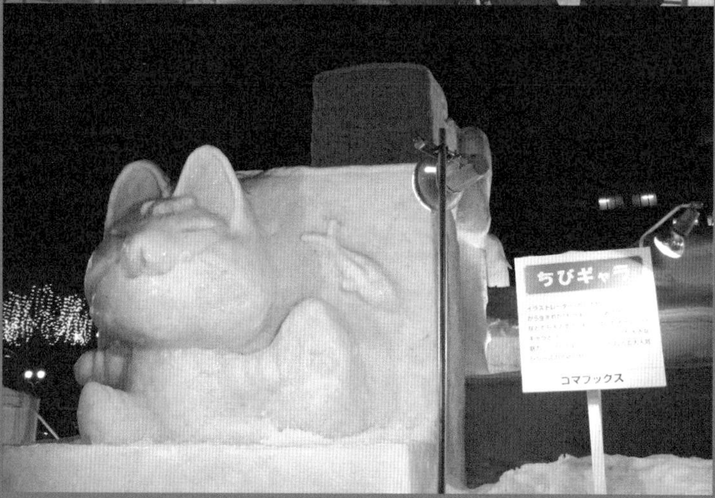

燈光照射下的小澎像，跟昨晚在昏暗中看到的不太一樣……怎麼說呢？那種鮮明又有個性的創作，值得玩味。

因為參觀雪祭把身體都給凍僵的一行人，腳步自然移往……

肯定就是這裡囉。嗯，放心好了，吃晚飯時胃袋有預留裝拉麵的空間

熱呼呼的札幌拉麵，
將冒上來的熱氣給一起吃下肚去！

這是味噌口味的。

Chapter3

往最北端的路③

2007年2月
市場與白天的雪祭、
轉往稚內

第3天
咻——
嗯——
澎湃挑戰開始了！
目標是日本最北端!!
耶耶，♪
嘿…嘿！
因為很冷，得先幫大家打打氣
嚇了一跳
因此接下來是澎湃挑戰。這一次挑戰目標是成為日本第一（在最北端）的插畫家!!
今天要搭巴士從札幌往稚內移動。預定明天早上前往日本最北端的宗谷岬。巴士是下午3點發車，還有一點時間，所以我們現在要去……
……
札幌市中央批發市場的場外市場，吃好吃的海鮮蓋飯
也要買螃蟹
流口水
第八卸売市場
場外市場
咻——!!
抵達市場
但是……
噫！
什麼都看不見。
因為暴風雪什麼都看不見。
我是SUZU
我是平田
我是山田
不過呢……
誰在那裡
山田!?
螃——蟹!!
8800
毛
在那樣的暴風雪中，顏色鮮紅、特別醒目的東西叫做「螃蟹」
北海道is Kani!
東京的築地等市場有很多魚類，這裡則到處都是螃蟹。一眼望過去每家店都是以螃蟹為主。因為是螃蟹市場，令人煩惱該在哪家買才好。
8800

看呀看呀
新鮮 新鮮♪♪
來呀來呀，我家的螃蟹最青！
隨手一抓
順手一丟
有的店還可以現煮。水槽裡都是活生生的螃蟹，爬來爬去。
總之就是一個新鮮
我要這個
也有不會煩惱的人
雪場蟹嗎？謝謝惠顧
咚
真快動作
呀！
嘰 嘰
嘰嘰嘰嘰
喀沙 喀沙 喀沙
喀沙 喀沙 喀沙 喀沙
活生生的螃蟹送到家……
哦
不只是燙熟的!!活生生的螃蟹也可以宅配喲♪
喀沙 喀沙
!?
太過新鮮，感覺有點噁心。
因為眼前光景太過鮮活，突然覺得螃蟹有些可怕的兩人
當場傻
嚇
好像異形
仔細一看，螃蟹長得還真嚇人吧。
悄然出現
到底在哪裡？
在哪裡？
跑去哪裡了？
喀沙 喀沙
喀 喀 啪
宅急便到了—
啊!!

好可怕一!!
可…可惡的螃蟹
嚇…嚇死我了
※胡思亂想
不要那麼說嘛，買我買我啦♪
店家很熱情地教我們海鮮常識。但因為每一家都賣螃蟹，說的都跟螃蟹有關，逛了2、3家後便覺得心滿意足。畢竟店家那麼多，應該沒有人會從頭聽到尾吧……
我家螃蟹跟其他家不同的地方呢……
呵……
說到螃蟹呢，現在這個時期……
是哦
颯颯
颯
嗯嗯
我推薦雪場蟹和毛蟹
找到了
熱心到每一家店收集螃蟹資訊的人
嗯嗯～原來如此。換句話說螃蟹呢……就是那個，算是一種……
振筆疾書
難不成想當螃蟹博士嗎!?
咚—
擺在店頭的暖爐
因為戶外實在快冷死人了，所以走進市場裡的餐廳，點了期待已久的海鮮蓋飯
來了，請用3色蓋飯
哇—好棒呀，我要吃了
3色
蓋——飯
哇哦
海膽的黃色
加上蟹肉的白色，
還有鮭魚卵的紅色，
光華璀璨的3色蓋飯
海膽
鮭魚卵
蟹肉
好好吃!!這個好吃。
該怎麼形容呢就是好吃得沒話說……
狼吞虎嚥
狼吞虎嚥

均衡享用配菜和白飯吧
真好吃
好吃
回過神來才發現居然先把上面配菜給吃光的2人。
又失敗了
糟了
無言以對——
山葵醬
白飯
扒白飯
打嗝
一把抓住
灑
灑
灑
那就把蟹肉的殘留香味當菜配飯吃吧!!
....
狼吞虎嚥
醬油
!!
本地牛奶糖
北海道限定
名產店
我吃飽了
一鞠躬
好鹹!!
這...
店裡果然有很多這傢伙
底下微凸
底下微凸
底下微凸
幹嘛買這種一看就很難吃的東西呢?
呵呵呵買了名產
往後退
往前進
咚——
男爵
ジンギスカンキャラメル

已如願吃到海鮮蓋飯……不過時間還早，還想去哪裡嗎？
有!! 我想再去雪祭會場看看白天的澎湃野吉像
說的也是，那就去吧
堆著早上下的雪
咚——
澎湃假面超人!?
不會吧——
說時遲那時快，突然又吹起暴風雪
一下子放晴一下子下雪的北海道天氣，變化莫測，千萬不可大意
可是這場風雪很強，眼睛都睜不開，人也快被吹跑，尤其是寒冷得受不了。（哭）於是便搭暖和的計程車直接前往巴士站。
天啊!
各位是從東京來觀光的嗎？
什麼要去稚內!?
是呀，接下來我們要去稚內……
稚內什麼都沒有，而且又冷。這個時期難得有人會去那裡。
是哦，基本上我們旅行的目的是去日本的最北端啦
是嗎，對了，我知道有便宜賣毬藻娃娃的店，要不要帶你們去呢？
不……不用了。
嚕嚕嚕嚕
不過我也不是很清楚啦，因為呢……
稚內就是Wakkanai嘛（註：發音跟日文的不知道很像）
咚——
噗（笑），稚內和Wakkanai（不知道）呀♪
雖然坐在車子裡，感覺卻很冷!!
終於要搭巴士，一路前往日本最北端的稚內。坐車時間長達6個小時，得準備打發時間的東西
我買了UNO（紙牌遊戲）
那不錯嘛
可是我們又失算了!! 明明是下午3點才發車，其他乘客卻老早就上車了。覺得很納悶的我們一上車才發現……

座位是先來先坐，沒有對號
啊，原來如此
結果接下來長達6個小時的車程，座位分開，搞得好像一個人旅行一樣……怎麼會這樣！誰來給我一個交代，虧我還買了UNO
沒辦法，只好睡覺。就像隨時隨地都能睡的平田編輯一樣呼呼大睡
呼嚕——
搭巴士一路往北——!!
稚內
噗嚕嚕嚕
札幌
6小時後
終於抵達稚內
一如計程車司機說的，什麼都沒有
果然是邊境之地
旅館
さいはて
總算到了♪
什麼都沒有
好累呀，坐真久
我們下車吧
好
咻——
蛤
我來說明吧
已經很冷的札幌用3根辣椒來形容的話，那稚內的冷就是10根鬼椒。這與其說是冷，根本就是……
不要小看稚內
就是說嘛
刺痛!!
風也好強，札幌完全不能比
咻——
刺痛——
刺痛——
拚了老命衝進飯店Check-in

鮨
浮
端
但是還不能進房休息，因為我們肚子餓了。問過櫃檯後，直接前往推薦的店！
好冷呀—到了！
啊，冷死人了。肚子也餓扁了!!
老闆好
呼—從飯店來到這裡才走了一下路就一身的雪…
…
……歡迎光臨
悄聲
老闆拿出幹勁來!!
不過有時反而是這種看似笨拙、個性固執、充滿職人氣質的師傅值得期待
您好…
話又說回來，菜單上竟有很怪的菜名
咚—
津
壽司處
鐵火卷
河童卷
鮪魚蔥卷
炸彈卷
情侶卷
乒乓卷
梅卷
紫蘇
鮪魚
青甘魚
干貝
甜蝦
北寄貝
蝦蛄
鮭魚
斑鰶
螃蟹
鮑魚
花枝
完全不像是這個老闆會想出來的菜色
一定是醬子啦。這個菜單肯定不是老闆想的，而是平常就幹勁十足的老闆娘和他調皮的兒子想出來的。否則實在說不過去。
老公，你覺得情侶卷怎麼樣？
爸爸，就叫炸彈卷吧
至少菜單要設計得活潑點嘛
雖然看到菜單有些不安，但現在也沒力氣到外面找其他店，而且也不覺得還有其他營業的店。因為邊城的夜晚來得早。只好拜託炸彈級的老闆點菜了，沒想到……
來了一道看起來很棒的料理
咚
剛剛還在擔心老闆的手藝，真是失禮。雖然取菜名的功夫很奇特，老闆畢竟還是專業的廚師。
好棒!! 這是魚白耶
哇，生魚片閃閃發亮
不愧是北海道，而且是最北端的稚內，海鮮就是一個棒字！
魚白
吃了一口
化開了
入口即化耶

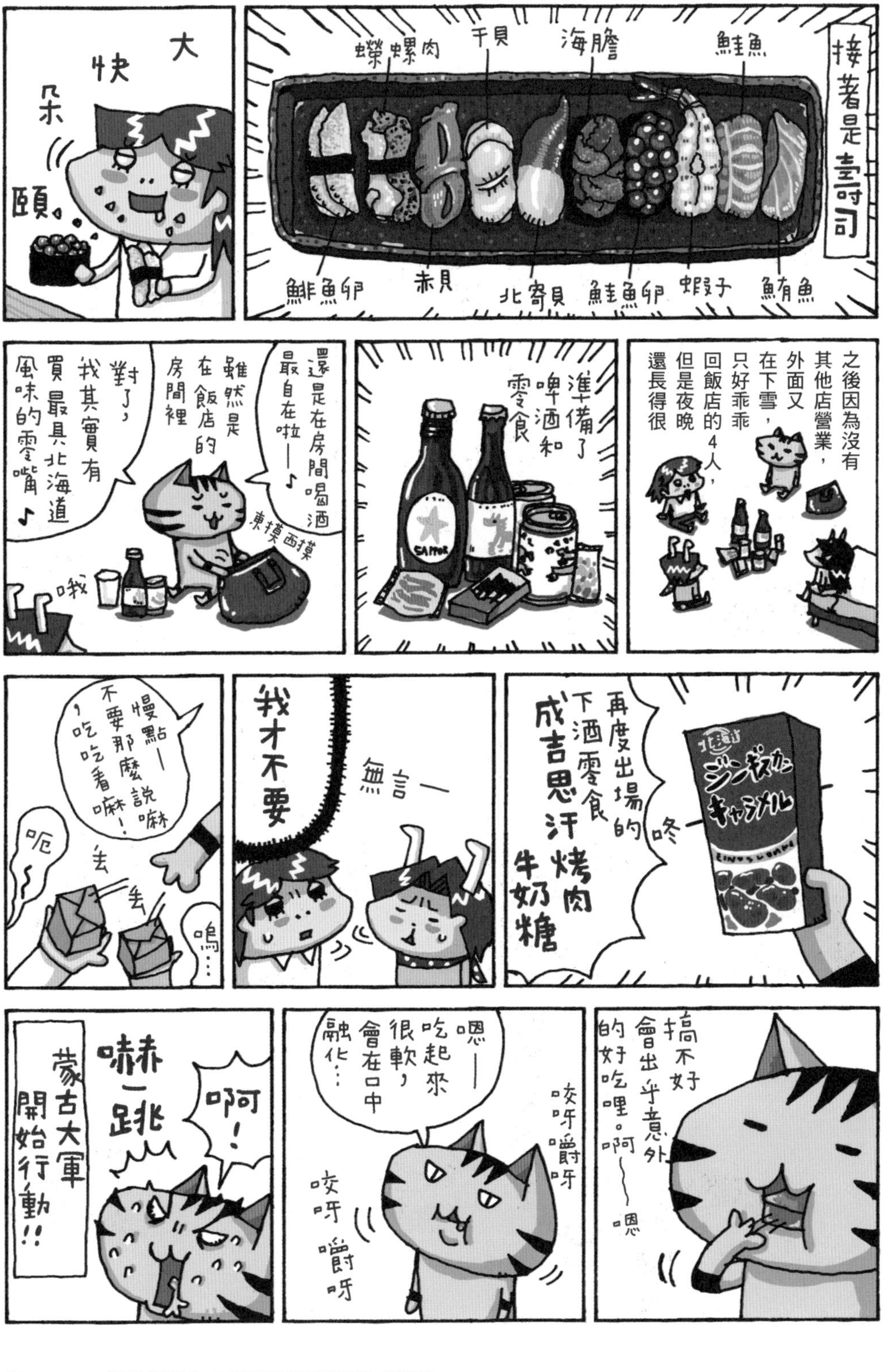
接著是壽司
蠑螺肉
干貝
海膽
鮭魚
鮪魚
蝦子
鮭魚卵
北寄貝
赤貝
鯡魚卵
大快朵頤。
之後因為沒有其他店營業，外面又在下雪，只好乖乖回飯店的4人，但是夜晚還長得很
準備了啤酒和零食
還是在房間喝酒最自在啦——♪
雖然是在飯店的房間裡
東摸西摸
哦
對了，我其實有買最具北海道風味的零嘴♪
再度出場的下酒零食成吉思汗烤肉牛奶糖
咚
ジンギスカンキャラメル
無言—
我才不要
慢點—不要那麼說嘛，吃吃看嘛！
丟
丟
呃
嗚…
搞不好會出乎意外的好吃哩。啊～～嗯
咬呼嚼呼
咬呼嚼呼
嗯——吃起來很軟，會在口中融化…
嚇一跳
啊！
蒙古大軍開始行動!!

在舌頭上融化的牛奶糖甜味，同時嘴裡還漫開一股蒜頭的香味和成吉思汗烤肉味（？）我也說不清楚。總之就是很有特色、有點油膩、勁道十足的風味。該怎麼說呢？身心都受到很大的創傷……
喵嗚
噢……怎怎怎麼樣呢？成吉思汗烤肉牛奶糖的味道……
失禮了
失禮了
對不起，真的沒辦法消受
太好了，金子編輯我沒吃
天啊！你給我們吃的是什麼東西呀—
請務必嘗試需要勇氣的挑戰
北海道 ジンギスカン キャラメル
成吉思汗烤肉當然要吃真的才行！♪
滋
滋
嗯—感覺好想睡。明天在稚內也是最後一天了，你們覺得怎麼樣？
打哈欠
天氣實在冷得無法想像！稚內真是可怕。站在外面幾分鐘，恐怕就會凍死了。
就是說嘛，回去泡澡睡覺吧
我是不會出去的，也換好睡衣了
可是……
咦？奇怪
東翻西找
怎麼了嗎？
?
錄影機不見了？
下車的時候還拿在手上
蝦密—!!
無言——
好，那就去找回來！就算翻遍雪地也要找回來！不過不好意思啦，我已經換好睡衣，要先睡了

一腳踩空
我快死了。萬一睡著了就死了
越來越睏了
找不到 找不到
咻——
已經是極限了
受不了了!! 快逃!!
我快死了…快凍死了
嗚嗚……嗚嗚……
你以為是誰害我遇到這種事的!!
對不起
滑跤了!! 妳剛剛腳踩空了吧?對吧?滑倒了吧?嘻嘻,我看到了、我看到了
不停地取笑
叮咚
好冷呀—真想趕緊泡熱水澡然後上床睡覺……
金子編輯,我們回來了
真…真是麻煩各位了,請回…回房休息吧
好的,那就明天練…不對,是明天見
你也回……回房休息吧
渾身發抖
直打顫
結果還是沒找到錄影機,從義大利開始,不管去富士山還是築地,這個一路相隨的好夥伴(算是吧),長眠在稚內這個地方。
最後一天待續
呼呼大睡
金子編輯、金子編輯!?
叮叮叮咚咚咚—
砰砰
砰
咦?金子編輯,我們回來了,開門呀……
叮咚—
叮咚— 叮咚—
奇怪?該不會已經睡了吧?該不會睡死了吧?
那可糟了。

井上先生的旅行相簿

大概是因為暴風雪的關係吧，
買東西的客人顯得有些少？

就算是暴風雪也阻擋不了逛街的心情！
來到札幌場外市場。

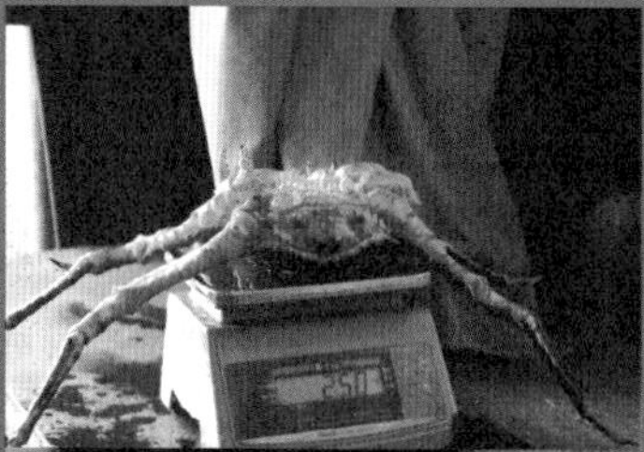

正考慮要不要買時，店家已經從水槽撈出螃蟹開始秤重。

量過體重的螃蟹們在客人考慮之際，先被放在地上，老實說那樣子還真是有點噁心。

提到北海道，當然就是螃蟹。毛蟹、松葉蟹、雪場蟹……每一家店都能看到活生生的和煮好的各種螃蟹。

今天從札幌市內觀光開始。到市場買東西，當然是必定的行程囉。下午便一路前往稚內。搭了6小時的車總算抵達。但說到邊城的寒冷……，身體都要結冰了。

也有店家正在用大鍋煮螃蟹。

INOUESAN's photo album

由於之後直接要去稚內，大家都拿著大包小包的行李逛街其中小澎的行李最大件。

當然除了螃蟹外，還能買到海膽、干貝、鯡魚、昆布等海產。

眼前一出現豪華菜色就忍不住拿出手機拍照的人們。

海鮮蓋飯。就像照片所示，果真好吃的沒話說！

白天的札幌雪祭會場。儘管放晴還是很冷。這時明明還是晴空，突然就變成了暴風雪，令人吃驚。

邊城夜色安靜無聲。強風颳起了粉雪，走著走著，寒意和孤寂自然湧上心頭

從飯店房間可以看見港口的樣子

走在往飯店路上的小澎。此時手上還拿著錄影機，看來是幾分鐘後搞丟的。

難得來一趟，就跑進稚內車站瞧瞧。末班車也沒了，空無一人感覺很寂寞

壽司和啤酒，當然很對味囉。

在什麼都沒有的稚內街頭拍紀念照。左起平田編輯、金子編輯、小澎。拍照的是SUZU編輯。至於我井上先生則是負責看家啦。

Chapter 4

往最北端的路④

2007年2月
最北端之地、宗谷岬

日本最北端之旅的最後一天
虎吞狼♪
嘶
結果因為金子編輯將房門上鎖又熟睡不醒，被關在門外一段時間而睡眠不足的兩人
無精打采——
……
……
帶著行李集合!!
終於到了北海道之旅的最後一天，更重要的是今天要去最終目的地—宗谷岬。我要努力不打瞌睡加油哦，哦——
噗嚕嚕嚕
搭計程車直接前往宗谷岬
浪濤聲——
窗外簡直就是演歌的世界
哦
該怎麼說呢？雖然是大家一起來，感覺卻像是自己一個人、根本沒有交往過，卻好像被甩了，根本是個人，卻又像隻海鳥、明明是躺在自己家的浴缸裡，卻有種置身澡堂的孤寂。
請問一下，我們是東京來的，稚內一向這麼冷嗎？
嘎？今天算是溫暖的
真的嗎？
平常還要更冷。各位是從東京來的嗎？以前我也去過東京。是叫東京迪士尼樂園吧？天氣熱得我受不了。我這個人不怕冷，反正天氣一冷加穿衣服就好了不是嗎？可是熱就不行了，我的姪子也去過一次……
嘰哩呱啦
嘰哩呱啦
不要說東京，難道不能說些稚內的資訊嗎!!

我有個好主意♪
到了宗谷岬後，大家一起堆雪人吧？在最北端之地堆雪人耶!!
你一個人去堆吧
點頭如搗蒜
拚命打瞌睡
不過呢，這個時期到處都沒有店家營業，連吃飯的地方都沒有吧？
外面那麼冷你們應該挑比較暖和的時間來
嗯啊…!!
基本上有沒有人都成問題哩…所以呢…
啊
平田編輯應該是很想睡吧…
40分鐘後……
宗谷岬
日本最北之地
宗谷岬
這裡有
尖尖的紀念碑，
周遭還有
「日本最北端之名產店」、
「日本最北端之郵局」、
「日本最北端之加油站」、
「日本最北端之廁所」等，
總之除了老公外，
所有日本最北端的東西都
聚集在這日本最北端的地點!!
全國每年有許多來到
日本最北端之地的觀光客，
是知名的觀光景點。
但是…
一個人都沒有!!
咻——
嗚…實在好冷呀，我想要回家
難得有人來了，各位好！我是間宮。
有了!!
間宮林藏的雕像
那我要拍了，說起司，北海道產的起司!!

間宮林藏
江戶時代的探險家。
發現了比這裡更北方的庫頁島是個島的事實。
雕像身上帶著一個纏鐵鍊的木棒，因為他具有測量技術，所以可能是這類的工具，或是類似機動戰士疾速流星鎚般的武器吧？這一點得問間宮先生本人才知道。
關於河童，我相信是存在的
還有菲律賓猿人也是
俄國
庫頁島
這裡
啪嚓
間宮林藏
總之大家擺出間宮林藏般的pose拍紀念照。
他站的姿勢還真是難以捉摸！
日本最北端之碑
位於北緯45度31分，正是指出日本最北端之地的紀念碑
日本最北端
呼咻
不過這地方實在太冷了!!
沒有人會在這個時候來，難怪看不到半個人
海風好冷呀
探險家呀，沒想到江戶時代竟然有那種職業耶。不知道跟川口浩＊相比，誰比較厲害
間宮林藏
鏡頭拉遠
這裡!!
雙手揮舞
日本最北端の地
噠
咚——
成功了日本第一日本第一北端
哇哇
日本第一（北端）的插畫家誕生
再拉遠
這裡!!

（註：1936年～1987年，演員探險家）

終於完成了。在日本多如過江之鯽的插畫家當中，他現在果真是日本第一。成了日本第一的插畫家。成為站在日本最北端的插畫家！成功了！（照書唸）
萬歲！可喜可賀…那我們回去吧？
雪人
你不是要做嗎？在最北端之地
猛點頭
我有這麼說嗎？
因為天氣比想像的要冷而改變心意的樣子
你的確說了，我有聽到
不認人
翻臉
站在日本最北端，開始製作雪人
渾身
顫抖
早知道就不說了
用力
壓緊
咦？
碎開
來
壓緊
奇怪？
整個
碎開
結束
沒辦法
就是沒辦法捏成團
海邊的雪因為含有鹽分，所以不容易壓緊實吧
哦，原來如此。
聽說是醬子的。
發抖

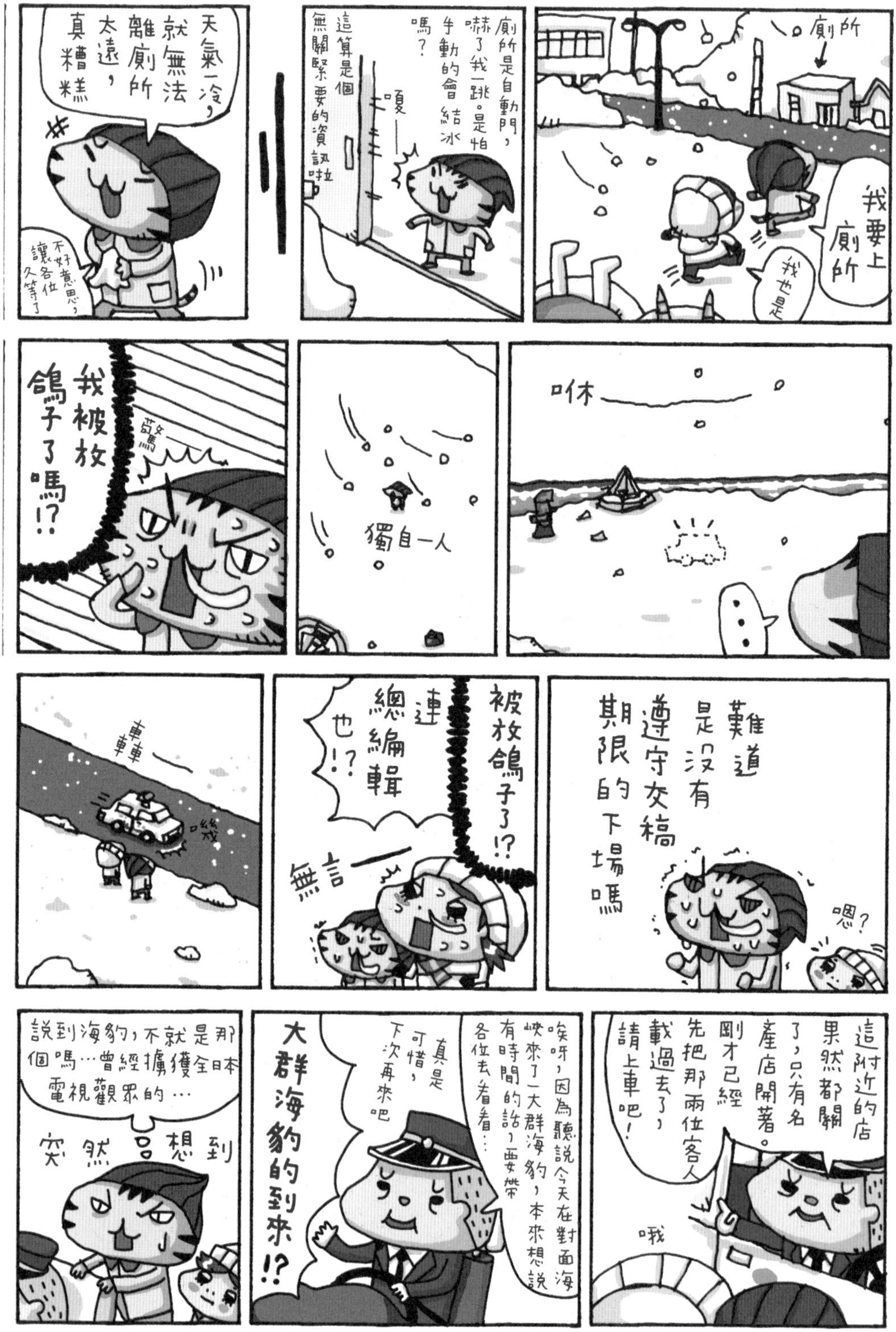
廁所
我要上廁所
我也是
廁所是自動門，嚇了我一跳。是怕手動的會結冰嗎？
嘎——
這算是個無關緊要的資訊啦
天氣一冷，就無法離廁所太遠，真糟糕
不好意思，讓各位久等了
咻——
…
獨自一人
我被放鴿子了嗎!?
驚——
難道是沒有遵守交稿期限的下場嗎
嗯？
被放鴿子了!?
連總編輯也!?
無言——
轟——
咻
這附近的店果然都關了，只有名產店開著。剛才已經先把那兩位客人載過去了，請上車吧！
哦
唉呀，因為聽說今天在對面海峽來了一大群海豹，本來想說有時間的話，要帶各位去看看…
真是可惜，下次再來吧
大群海豹的到來!?
說到海豹，不就是那個嗎…曾經擄獲全日本電視觀眾的…
突然回想到

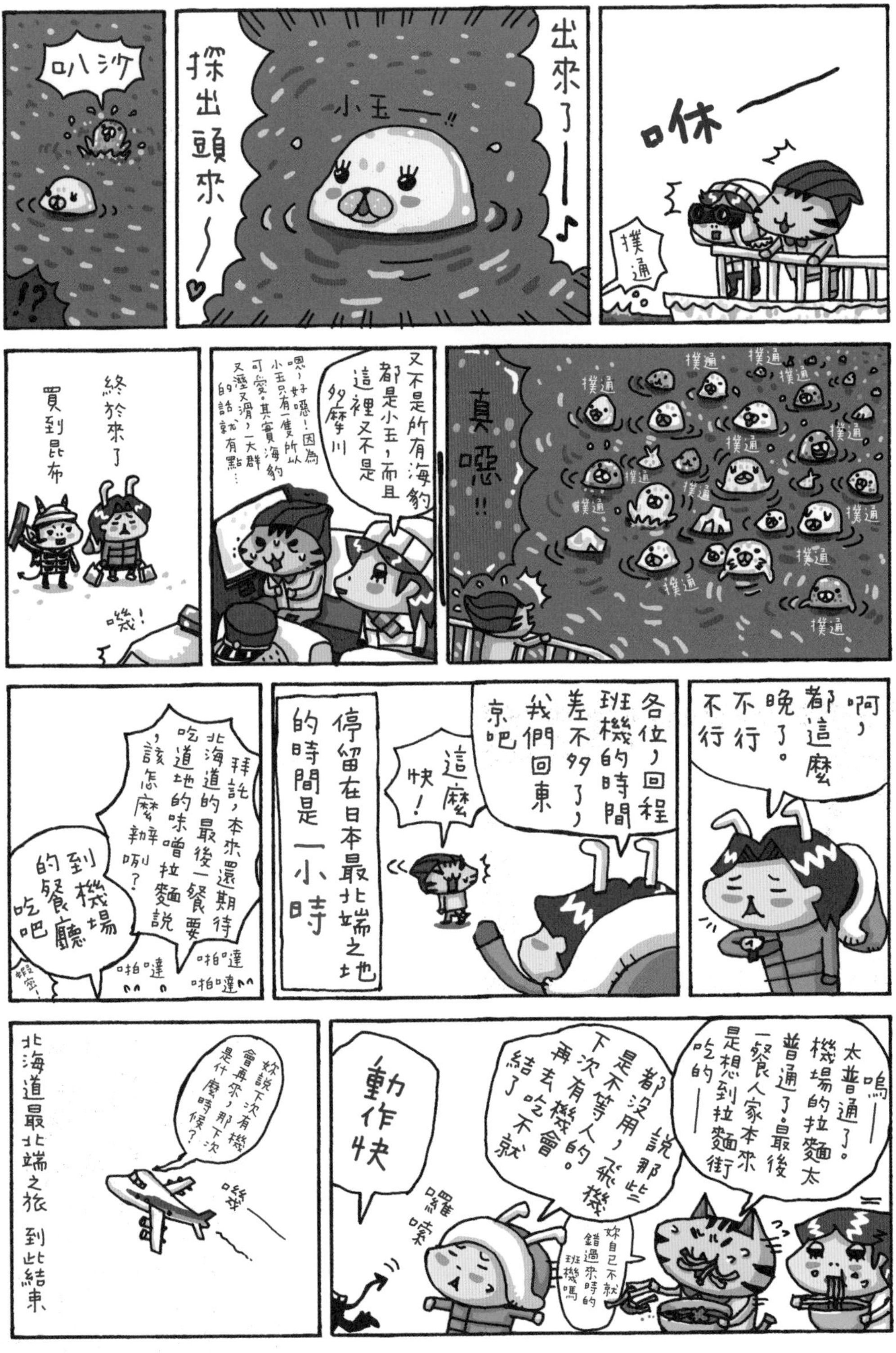
咻——
撲通
出來了——♪
探出頭來～♥
小玉——!!
叭沙
!?
真噁!!
撲通
又不是所有海豹都是小玉，而且這裡又不是多摩川
嗯，好噁！因為小玉只有一隻所以可愛。其實海豹又溼又滑，一大群的話就有點…
終於來了
買到昆布
嗞！
啊，都這麼晚了。不行不行
各位，回程班機的時間差不多了，我們回東京吧
這麼快！
停留在日本最北端之地的時間是一小時
拜託，本來還期待北海道的最後一餐要吃道地的味噌拉麵說，該怎麼辦咧？
到機場的餐廳吃吧
啪噠
啪噠
啪噠
蝦密！
嗚——太普通了。機場的拉麵太普通了。最後一餐人家本來是想到拉麵街吃的——
說那些都沒用，飛機是不等人的。下次有機會再去吃不就結了
妳自己不就錯過來時的班機嗎
動作快
囉嗦
妳說下次有機會再來，那下次是什麼時候？
嗞——
北海道最北端之旅 到此結束

井上先生的旅行相簿

穿越稚內市區前往最北端！

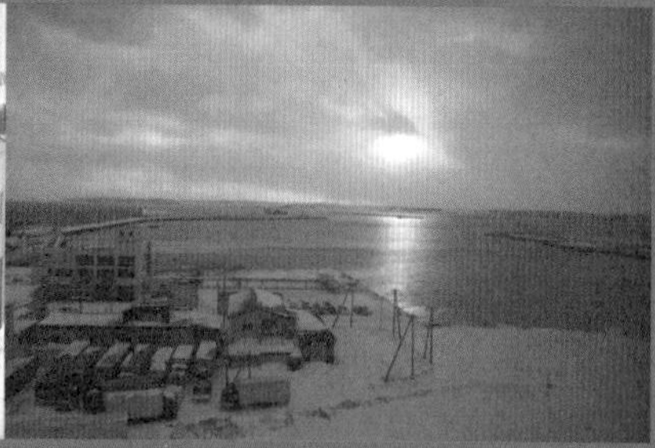

過了一夜後，從飯店窗口看到的旭日。

從稚內市區前往宗谷岬的路上。
雖然是白天，卻看不到其他人經過。

這時候如果想上廁所就糟了……。
給人這種感覺的景色。

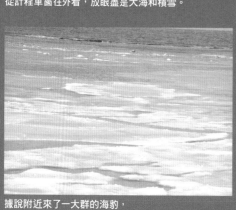

從計程車窗往外看，放眼盡是大海和積雪。

看起來很冷吧？聽說真的是很冷。大家都抱怨幹嘛挑在嚴冬去最北端，但就是要在寒冷的季節去寒冷的地方才最有意思吧。

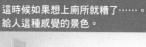

據說附近來了一大群的海豹，
可惜沒時間過去瞧瞧。

INOUESAN's photo album

基本上也有名產店，但周遭就是顯得很冷清……。
大概是因為這個時期沒什麼人來吧？

自動門的公共廁所和載我們來到的計程車。
別看天氣放晴，其實是零下五度。

海的另一邊是俄國。
心裡想著這一點眺望遠方，不禁感慨萬千。

嚴格來說，真正的日本最北端另有他處，只是一般人
到達不了。這裡則是人人都到得了的最北端。

抵達日本最北端。

大家一起擺出間宮林藏的姿勢。明明是同樣的姿勢，
為什麼一人一個樣呢？

想要用最北端的雪做雪人，
雪卻完全無法黏合在一起之圖。

到處都看得到間宮林藏的資訊。
據說林藏先生是江戶時代的探險家，因為探險庫頁島而聞名。

再見了！
日本最北端。
嚴冬中的北海
道果然冷得不
負眾望。

機場前的道路幾乎結冰了，
不知飛機跑道是否有結冰的處理。

Chapter5

再度造訪札幌

2008年3月
克拉克博士、
綿羊和味噌拉麵

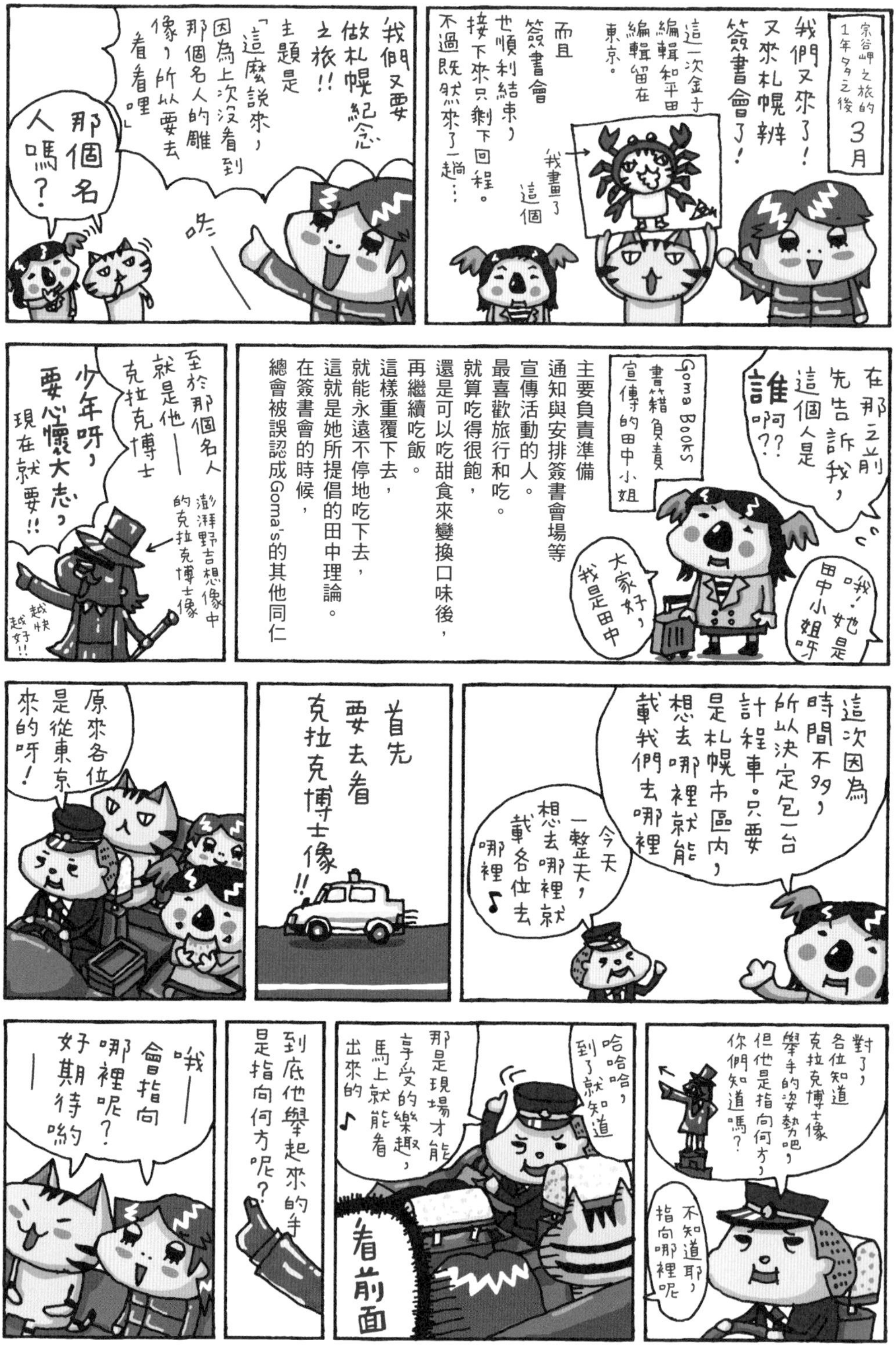

宗谷岬之旅的1年多之後 3月
我們又來了！又來札幌辦簽書會了！
這一次金子編輯和平田編輯留在東京。
我畫了這個
而且簽書會也順利結束，接下來只剩下回程。不過既然來了一趟…
我們又要做札幌紀念之旅!!
主題是「這麼說來，因為上次沒看到那個名人的雕像，所以要去看看哩」
咚
那個名人嗎？
在那之前先告訴我，這個人是誰啊??
Goma Books 書籍負責宣傳的田中小姐
哦！她是田中小姐呀
大家好，我是田中
主要負責準備通知與安排簽書會場等宣傳活動的人。最喜歡旅行和吃。就算吃得很飽，還是可以吃甜食來變換口味後，再繼續吃飯。這樣重覆下去，就能永遠不停地吃下去，這就是她所提倡的田中理論。在簽書會的時候，總會被誤認成Goma's的其他同仁
至於那個名人就是他——克拉克博士
澎湃野吉想像中的克拉克博士像
少年呀，要心懷大志，現在就要!!
越快越好!!
這次因為時間不多，所以決定包一台計程車。只要是札幌市區內，想去哪裡就能載我們去哪裡
今天一整天，想去哪裡就載各位去哪裡♪
首先要去看克拉克博士像!!
原來各位是從東京來的呀！
對了，各位知道克拉克博士像舉手的姿勢吧，但他是指向何方，你們知道嗎？
不知道耶，指向哪裡呢
哈哈哈，到了就知道
那是現場才能享受的樂趣，馬上就能看出來的♪
看前面
到底他舉起來的手是指向何方呢？
哦——會指向哪裡呢？好期待喲——

綿羊丘展望台
這裡是札幌知名的觀光景點之一，從展望台可以俯瞰整個札幌市區和石狩平原。園區內有婚宴禮堂、雪祭資料館、北海道日本火腿鬥士隊紀念碑等設施。同時顧名思義，有許多綿羊，克拉克博士像也在其中。
沒想到這個展望台上居然沒有冠上克拉克博士之名的設施。還以為應該有「克拉克博士紀念館」或是「少年呀，要心懷大志大使館」之類的……
東張
西望
在哪裡？
在哪裡？
找到了!!
咚——
有種發現名人的興奮感
克拉克博士像
跟想像的有點不太一樣。沒有戴大禮帽，也沒有持手杖……
也不是想樣中的伸出食指一指，問題是，這個人是何方神聖？只知道有這座銅像和那句「少年呀…」的名言，其他一概不清楚。調查結果他是札幌農校（現在的北海道大學）的首任教導，原來是老師呀，難怪會說出名言！
BOYS BE AMBITIOUS
腳下的底座上刻有那句名言：少年呀，要心懷大志！
YS BE AMBITIOUS
跟這句一樣有名的還有——
這個姿勢。好像觀光客都會模仿這個姿勢拍照留念
像這樣嗎？
啪嚓
啪嚓
BOYS BE AMBITIOUS
當然也少不了這傢伙……
悄悄拿出來

塞進去
舉起來
舉
姿勢擺好了!!
因為井上先生的手心是魔鬼氈，
所以可以擺出各種姿勢
咚
跟往常一樣，開始了無視旁人目光的猴子攝影會
啪嚓
啪嚓
啪嚓
啪嚓
啪嚓
啪嚓
什麼都難不倒這隻猴子
克拉克博士像旁邊有個歌謠碑…
原來是暢銷歌曲〈愛的城市札幌〉，啊哈…沒聽過（拜託！）
不過右邊銅像的人好像在哪裡見過……
?
咚
那是我的歌啦
他是昭和年代的超級巨星
石原裕次郎
老…大!!
原來是老大呀!!
雖是無關緊要的資訊，但因為克拉克博士像和老大的銅像方位關係……
從不同的角度看，居然……
克拉克博士
老大
噠噠噠
恰恰恰…啦恰
恰恰恰…啦恰
用力一指!!
那裡，老大!!
克拉克刑警!!犯人往哪裡逃跑了?
可以玩模仿電視劇「對著太陽怒吼」的遊戲耶!

綿羊的家
既然叫做綿羊丘，當然少不了毛茸茸、咩咩叫的動物吧……
空空如也——
一隻也沒有。
在這裡嗎？
咩咩
該不會全被拿去做成吉思汗烤肉吧
無一言
看到綿羊了!!
咩——!!
活生生的羊毛茸茸的樣子，
感覺好棒！
100%的純羊毛並不是華麗裝飾呢!!
毛茸茸
頭也毛茸茸的，看得見前面嗎？
喜歡雷鬼音樂嗎？
不過綿羊果真是…
磨蹭
彼此

可是看到這麼多的綿羊，平田編輯數著數著肯定就睡著了吧。
我看只要兩隻就可以擺平她了
軟綿綿的樣子，感覺好像很舒服——
過來一點嘛？人家想摸摸你。
咩！咩！
咩！
好可愛喲！綿羊真可愛♥
突然站起來
？
可是⋯⋯
沙 沙
綿羊好恐怖喲——
突然間⋯⋯怎麼了？現在是怎樣？
砰！砰！
彼此撞擊
磨來磨去！
砰！砰！
砰！
砰
蝦密
咩
看不順眼的傢伙就要給牠好看！
嘿嘿嘿♪
這群羊根本是戰鬥派嘛！
助眠的形象原來是假的啊!!
還好沒摸牠們。
怎麼跟想像的不一樣
咩！
咩！
飛～
飛～
碰！
踐什麼呀
你才是吧！

由於已經過了中午，便離開綿羊丘展望台，請司機先生載我們去他推薦的拉麵店
……
……
這麼說來，結果還是搞不清楚克拉克博士的手指指向何方!!
無言
而且話題也完全轉移到味噌拉麵……
那裡的味噌跟別家不一樣
看前面
人家都說了，看了就知道，這下怎麼好意思說看不出來……
有誰知道答案請告訴我們
當地人推薦的就是這家♪
すみれ
牆上貼滿了名人的簽名
味噌拉麵
看起來好香，好好吃♪
該怎麼說呢？表面上這層油，閃閃發亮，大有來頭喔
油亮亮地…
呼呼 呼呼
就坦白說吧，表面這層浮油可防止底下的湯接觸到空氣而變涼，好讓客人隨時都能趁熱吃。這是寒冷北國特有的作法。
好燙
但因為一直都很燙，怕燙的人小心舌頭會燙傷喲
吃相好噁心喲！
味噌很香，香醇的滋味蓋過了油膩的感覺
田中小姐就此告別。因為她喜歡旅行，辦完活動後習慣一個人出去旅行。大概是去尋訪美食吧……
再見～

最後到上次買螃蟹的札幌場外市場，SUZU編輯提議這次要買新鮮海膽和鮭魚卵回去，獲得採用。
哦，所以要去中央批發市場囉，好啊。去機場前會先帶各位過去
噗嚕嚕嚕—
海膽和鮭魚卵雖然不錯…
啊，對了。說到名產，不知道各位有沒有聽過薯條三兄弟呢？
薯條三兄弟
じゃがポックル
這是內行人都知道的超人氣北海道限定商品，將整顆北海道產的馬鈴薯切條後油炸而成的零食。因為賣得太好，車站和機場的店家經常是缺貨狀態。運氣好遇到剛進貨而排隊買時，也經常會遇到「一人限購一盒」的條件限制。總之暢銷到來不及出貨!!
啊——我知道。因為太暢銷了，很難買到。
之前公司有人買回去，所以我吃過
就是說呀——常常店家一進貨立刻就被掃空。也有的店規定一人只能買一盒。不過我知道這個時間有哪些店已經進貨，要不要帶你們去買呀？
醬子哦～不過不必了。我們買海膽和鮭魚就好。
是嗎？那我帶你們去便宜賣毬藻娃娃的店吧？
那就更不必要了
隨時掌握薯條三兄弟和便宜賣毬藻娃娃等店家資訊
才能成為北海道稱職的計程車司機！……是這樣嗎？
對了，說到薯條三兄弟，我認識的一個太太……
她兒子在東京讀大學，說他同學想吃薯條三兄弟，要她寄五人份過去。她問我哪裡有得買，到了我告訴她的那家店一人只能買一盒，那個太太就每天一早跑去排隊等開店，很認真的一天買一盒，終於湊到五盒寄給兒子。
我要薯條三兄弟
總算湊到三盒了…
嗚嗚嗚……真是感人的小故事，嗚嗚嗚……
不會自己去買嗎？這個不肖子 嗚嗚嗚…
薯條三兄弟真是罪惡的零食

再度造訪札幌的場外市場
我們又來了
我們又來了
おたる市場
水產
上次因為暴風雪，一片白茫茫，這一次倒是有稜有角看得很清楚。而且是第二次來，走走停停到處聽店家解說的人……
海膽的季節是哦……
嗯……嗯……
沙沙
沙
果然還是有！
很熱心一家又一家收集海膽、鮭魚卵資訊的人
原來如此……
嗯……嗯……也就是那個囉，海膽和鮭魚卵就像是大聯盟一樣……
疾書
振筆
難道她想當海膽.鮭魚卵部首長嗎!?
無言——
鮭魚卵!!海膽!!
就這樣買到了海膽、鮭魚卵的我們，直接搭計程車前往機場，踏上歸途
下次再來呀
呵呵呵，買了很多♪
搭飛機前先去洗手間一下，海膽、鮭魚卵你拿著
不准偷吃喲
眼睛一亮
謝謝
這是什麼東東!?
うに
海膽
鮭魚卵
人家就是手癢嘛
待續

井上先生的旅行相簿

今天又是札幌的簽書會，一早搭乘從羽田機場出發的班機，趕赴下午的簽書會。

雖說是北海道，畢竟已是春天了。還以為應該看不到雪吧，結果還是有。不愧是北國。

簽書會下午才開始，先去填飽肚子吧。吃什麼好呢？

簽書會用的當地簽名版本，現在才在想？那是海天使嗎？

得吃飽飽才能搞好簽書會。雖然負責簽書的人不是我。

既來之，我也參加了簽書會。沒想到頗受到歡迎，還引起小澎的忌妒。唉，當明星還真是辛苦呀。

BOYS BE AMBITIOUS！要心懷大志呀！冬天的札幌取材之旅被丟在家裡的我——井上先生，這一次跟得緊緊的。

INOUESAN's photo album

一下子就到了晚上慶功宴的時刻。

這是生蠔。

這是生鮑魚。

睡過一覺後，要稍微觀光囉。首先要去看鼎鼎有名的克拉克博士像。好期待喲。

而且還有…這麼豐盛的壽司大餐，嘻嘻嘻。

我也來模仿一下！
少年呀，要心懷大志！

仔細一看，身體往後拱很厲害嘛，
這樣腰不會痛嗎？

小澎正在更新部落格內容。有拍到好照片嗎？

也跟石原裕次郎像合拍一張紀念照。

當然是100%純羊毛。平常不太有機會近距離跟綿羊接觸，近看還真是比想像中可愛。

為了更新部落格，到處拍了很多照片的小澎。

（註：上面寫著我喜歡你）

討厭，好害羞喲……別肉麻了。別這麼迷戀我啦，不是開玩笑的喔。

乍看之下很安靜，突然間就打起架來，嚇我一大跳。

感覺很舒服，都不想走了。

人說好酒必須要有好水才做得出來。

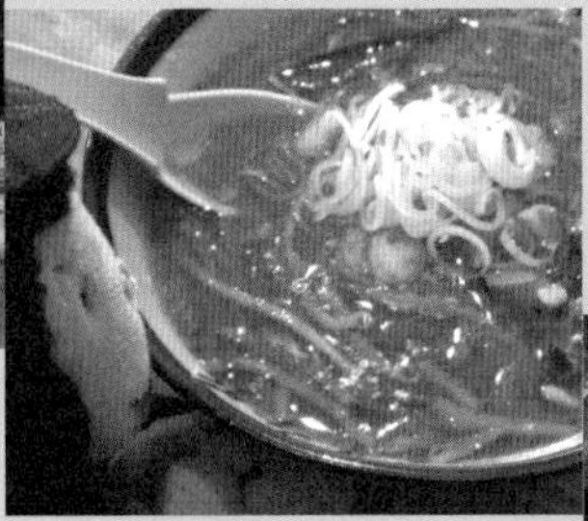

人說美味的拉麵也必須要有好水才煮得出來。

大家可能要問：同樣的東西到底要吃幾次才夠呢？好吃的東西是永遠吃不膩的啦。呵呵呵。

唉…已經要回去了。還沒吃夠說。

不過沒關係，因為買了很多名產帶回去。

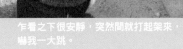

Chapter6

往最東端的路①

2008年7月
從地獄出發，
知床半島與美幌峠

註：齊藤家與最東端之地讀音相似。

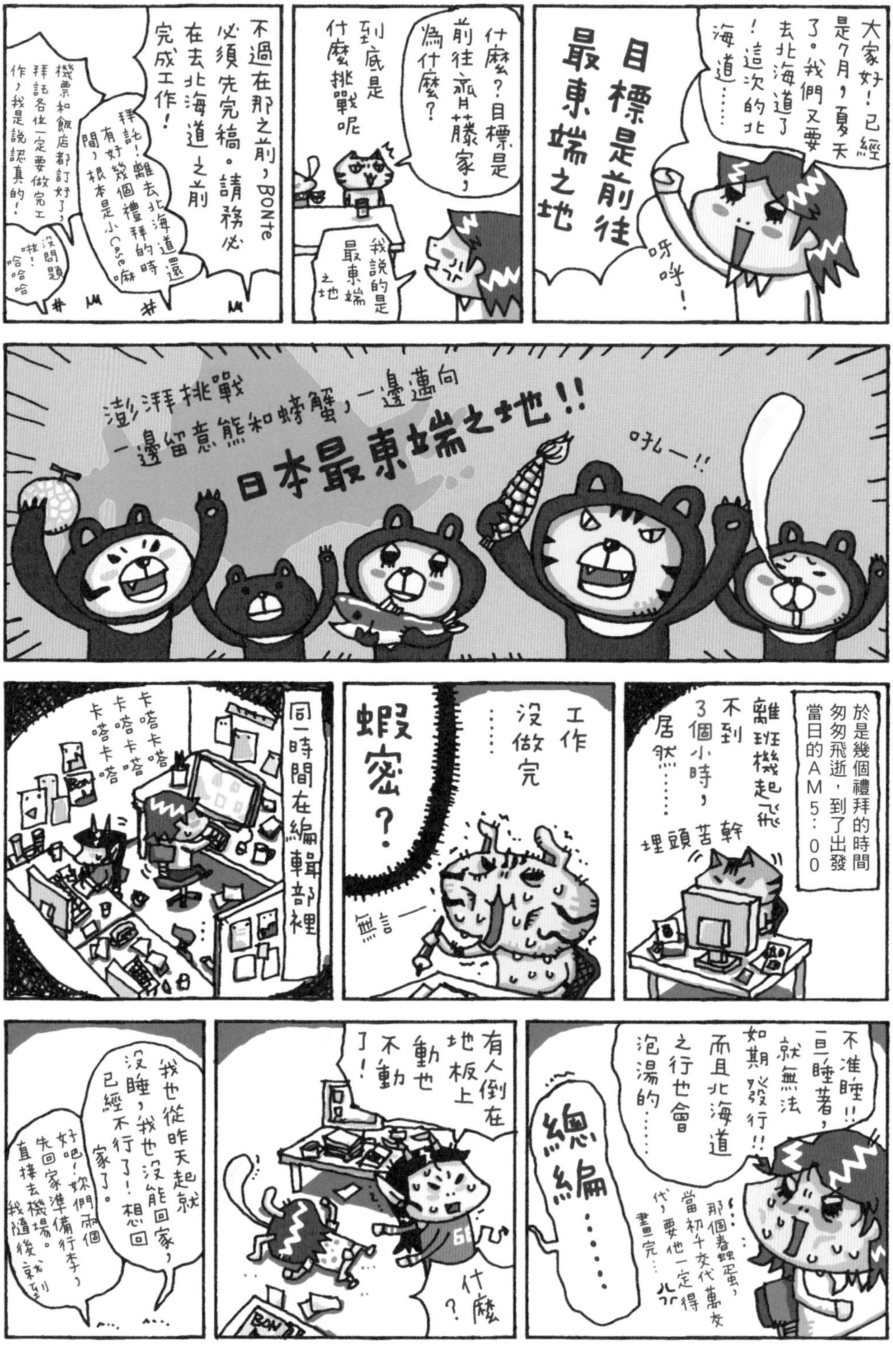

大家好！已經是7月，夏天了。我們又要去北海道了！這次的北海道……
目標是前往最東端之地
呼呼！
什麼？目標是前往齊藤家，為什麼？
到底是什麼挑戰呢
我說的是最東端之地
不過在那之前，BONte必須先完稿。請務必在去北海道之前完成工作！
拜託！離去北海道還有好幾個禮拜的時間，根本是小case嘛
機票和飯店都訂好了，拜託各位一定要做完工作，我是說認真的！
沒問題啦！哈哈哈
澎湃挑戰
一邊留意熊和螃蟹，一邊邁向日本最東端之地！！
吼—！！
於是幾個禮拜的時間匆匆飛逝，到了出發當日的AM5：00
離班機起飛不到3個小時，居然……
埋頭苦幹
工作沒做完……
蝦密？
無言—
同一時間在編輯部裡
卡嗒卡嗒卡嗒卡嗒卡嗒卡嗒
不准睡！！一旦睡著，就無法如期發行！！而且北海道之行也會泡湯的……
那個春蟲蛋，當初千交代萬交代，要他一定得畫完……
總編……
有人倒在地板上動也不動了！
什麼？
我也從昨天起就沒睡，我也沒能回家，已經不行了！想回家了。
好吧！妳們兩個先回家準備行李，直接去機場。我隨後就到

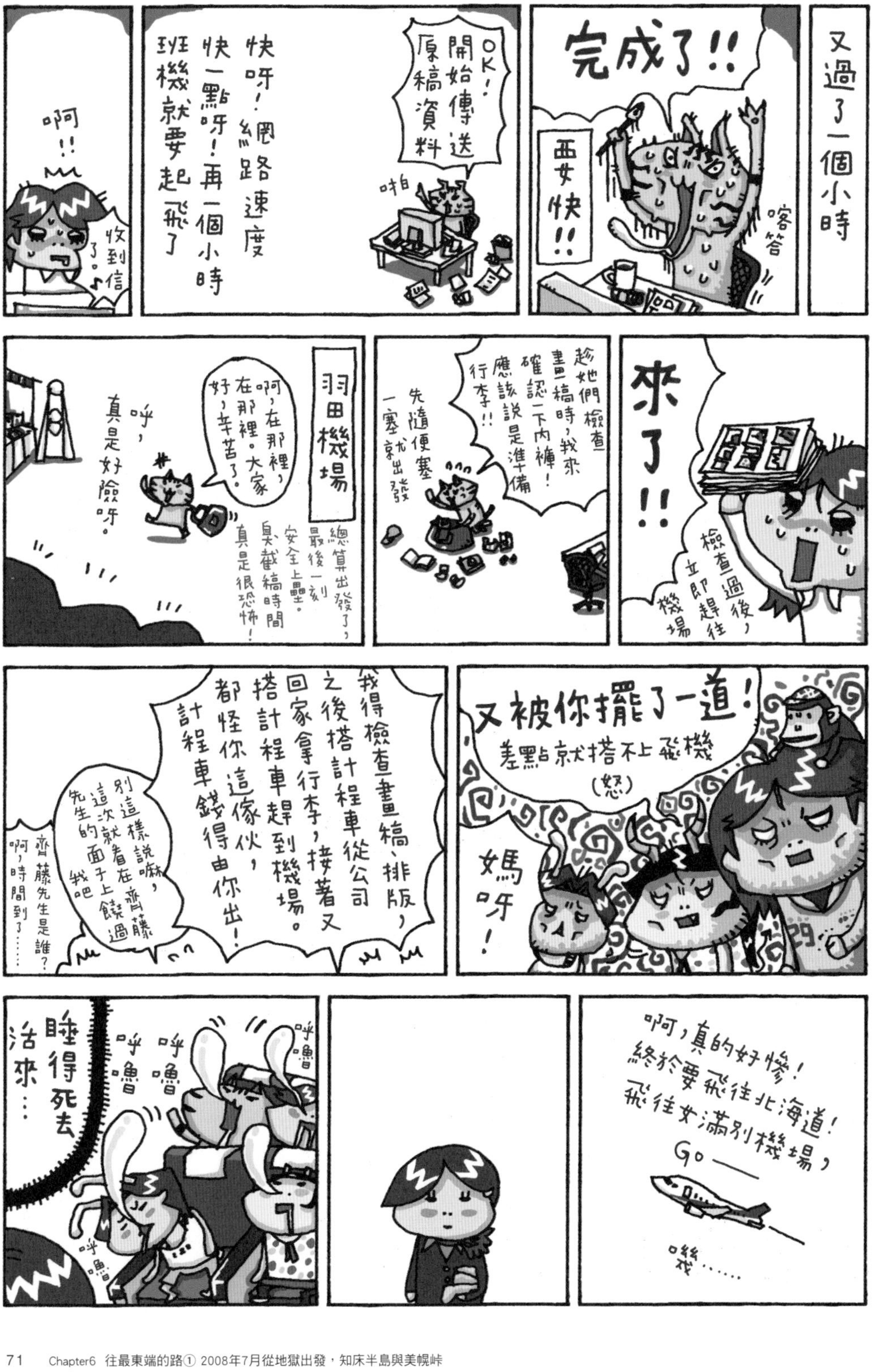
又過了一個小時
完成了!!
要快!!
喀答
OK！開始傳送原稿資料
啪
快呀！網路速度快一點呀！再一個小時班機就要起飛了
啊!!
收到信了。
來了!!
檢查過後，立即趕往機場
趁她們檢查畫稿時，我來確認一下內褲！應該說是準備行李!!
先隨便塞一塞就出發
羽田機場
啊，在那裡，在那裡。大家好，辛苦了。
呼，真是好險呀。
總算出發了，最後一刻安全上壘。
臭截稿時間真是很恐怖！
又被你擺了一道！
差點就搭不上飛機
（怒）
媽呀！
我得檢查畫稿、排版，之後搭計程車從公司回家拿行李，接著又搭計程車趕到機場。都怪你這傢伙，計程車錢得由你出！
別這樣說嘛，這次就看在齋藤先生的面子上饒過我吧
啊，時間到了……齋藤先生是誰？
睡得死去活來…
呼嚕
呼嚕
呼嚕
呼嚕
啊，真的好慘！終於要飛往北海道！飛往女滿別機場，
Go——
咻……

我睏得人都站不穩了
晃晃
搖搖
根本沒睡飽
來到北海道了♪
這一次到了右邊!!
知床半島
女滿別機場
咻
最東端
放眼望去 一片寬廣！
好棒啊！什麼都沒有
噗嚕嚕嚕
!!
這一次要以租車方式悠閒地馳騁在寬闊的北國大地♪
噗嚕嚕嚕
咻。咻
!!
跟2月的稚內大不同
咻～
髮絲飛揚～
7月的北海道，涼風舒爽宜人♪
因為脫離熬夜的地獄苦海，所以比較興奮
有牛耶！
好棒，有牛耶，有牛耶，
不過是牛，有什麼好稀奇的
這些城市佬
哞
呼～
好舒服喲♪
耶！道路寬廣，很好開♪

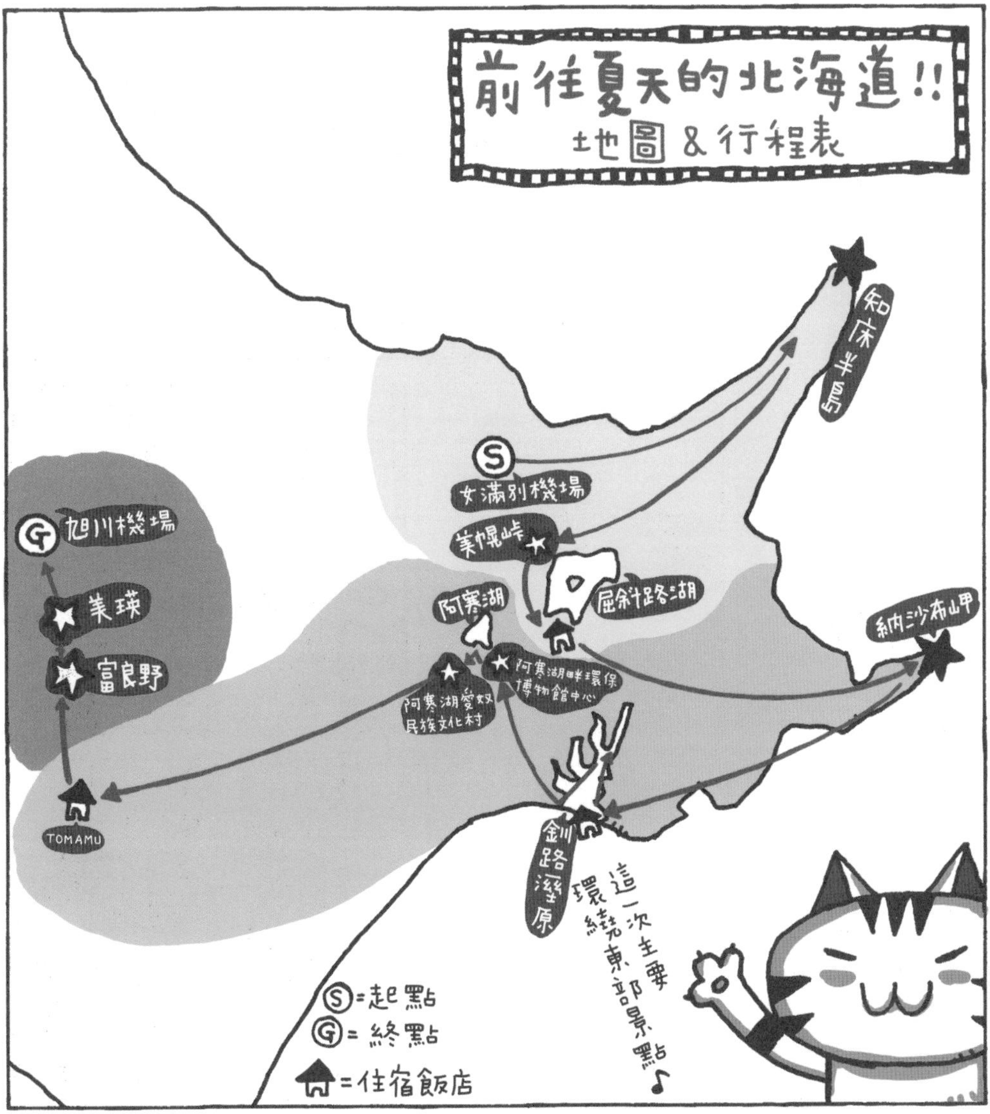

第1天
女滿別機場 ← 知床半島 ← 美幌峠 ← 飯店(屈斜路湖)

第2天
← 納沙布岬 抵達日本最東端!! ← 飯店(釧路)

第3天
← 釧路車站 ← 釧路溼原 ← 阿寒湖畔環保博物館中心 ← 阿寒湖 ← 阿寒湖愛奴民族文化村 ← 飯店(TOMAMU)

第4天
← 富良野 ← 美瑛 ← 旭川機場

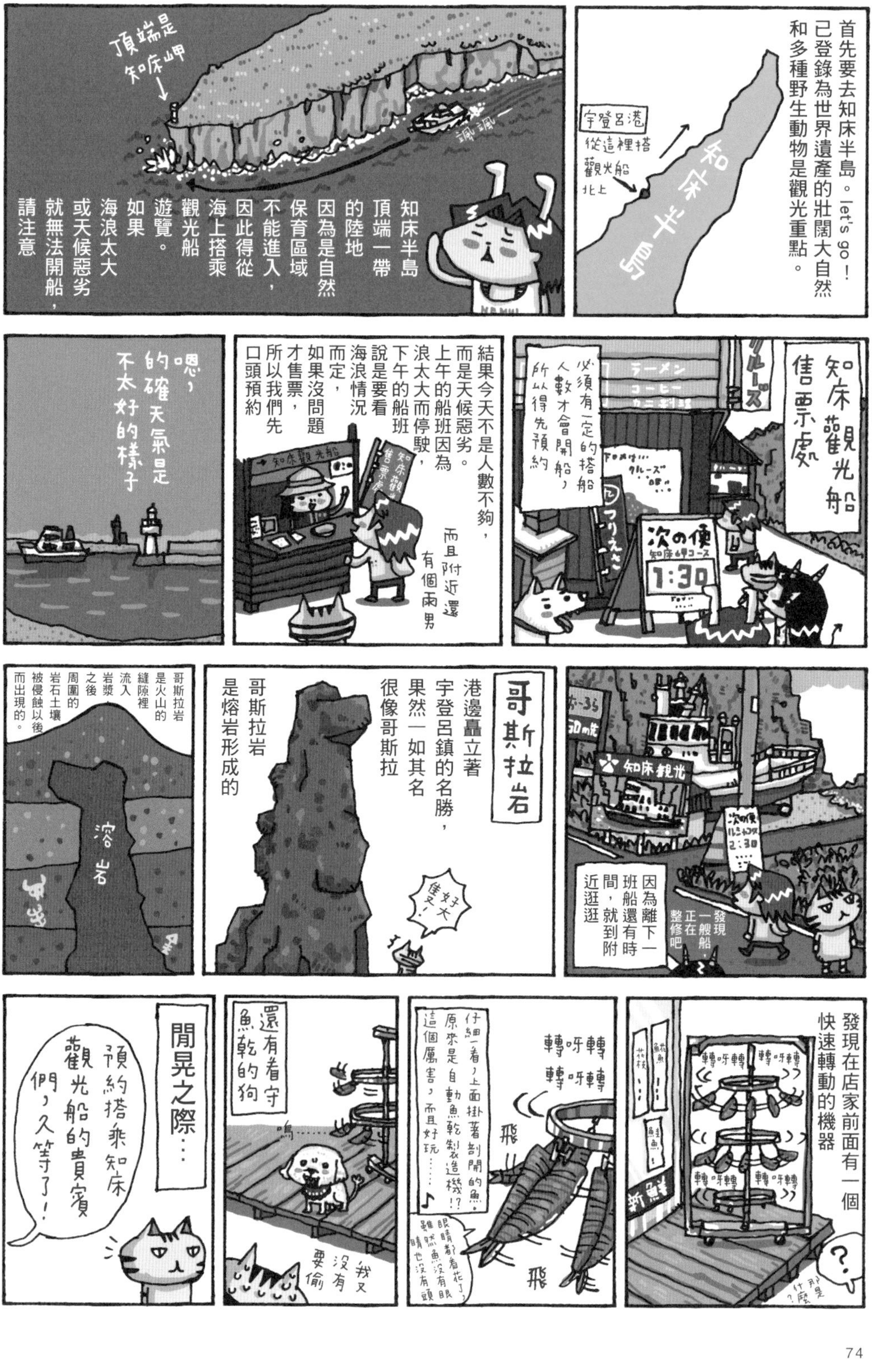
首先要去知床半島。let's go！
已登錄為世界遺產的壯闊大自然和多種野生動物是觀光重點。
知床半島
宇登呂港
從這裡搭觀光船北上
頂端是知床岬
颯颯—
知床半島頂端一帶的陸地因為是自然保育區域不能進入，因此得從海上搭乘觀光船遊覽。如果海浪太大或天候惡劣就無法開船，請注意。
知床觀光船售票處
必須有一定的搭船人數才會開船，所以得先預約
ラーメン
コーヒー
次の便
知床岬コース
1:30
結果今天不是人數不夠，而是天候惡劣。上午的船班因為浪太大而停駛，下午的船班說是要看海浪情況而定，如果沒問題才售票，所以我們先口頭預約
知床觀光船
而且附近還有個雨男
嗯，的確天氣是不太好的樣子
知床觀光
次の便
2:30
因為離下一班船還有時間，就到附近逛逛
發現一艘船正在整修吧
哥斯拉岩
港邊矗立著宇登呂鎮的名勝，果然一如其名很像哥斯拉
哥斯拉岩是熔岩形成的
好大隻！
哥斯拉岩是火山的縫隙裡流入岩漿，之後周圍的岩石土壤被侵蝕以後而出現的。
溶岩
發現在店家前面有一個快速轉動的機器
轉呀轉
轉呀轉
轉呀轉
轉呀轉
新鮮
那是什麼？
轉呀轉
轉呀轉
仔細一看，上面掛著剖開的魚。原來是自動魚乾製造機!?
這個厲害，而且好玩……♪
飛
飛
眼睛都看花了，雖然魚沒有眼睛也沒有頭
還有看守魚乾的狗
嗚
我又沒有要偷
閒晃之際…
預約搭乘知床觀光船的貴賓們，久等了！

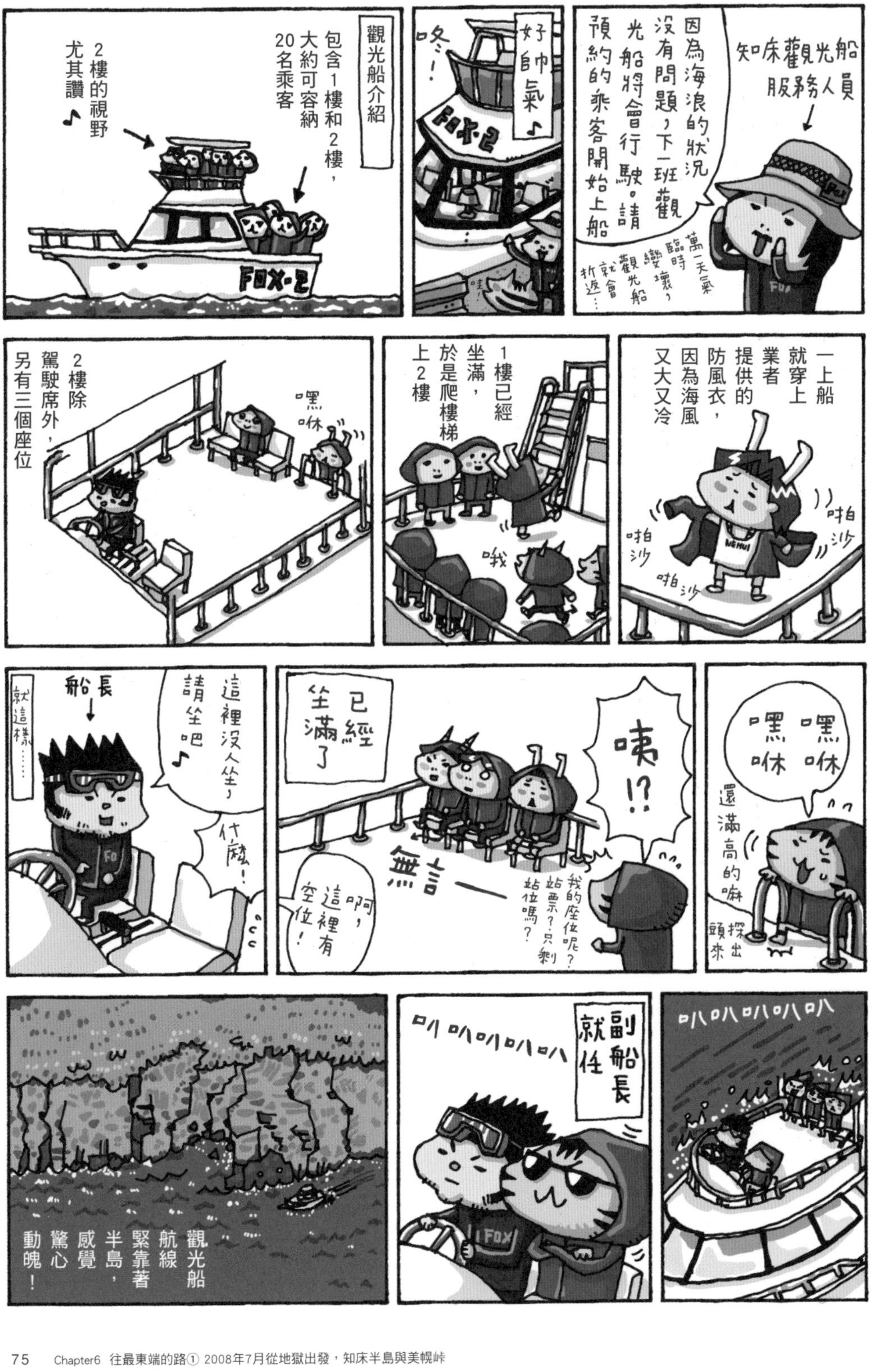
知床觀光船服務人員
因為海浪的狀況沒有問題，下一班觀光船將會行駛。請預約的乘客開始上船
萬一天氣臨時變壞，觀光船就會折返……
好帥氣♪
咚！
哇
觀光船介紹
包含1樓和2樓，大約可容納20名乘客
2樓的視野尤其讚♪
一上船就穿上業者提供的防風衣，因為海風又大又冷
啪沙
啪沙
啪沙
1樓已經坐滿，於是爬樓梯上2樓
哦
2樓除駕駛席外，另有三個座位
嘿咻
嘿咻 嘿咻
還滿高的嘛
探出頭來
已經坐滿了
咦⁉
我的座位呢？站票？只剩站位嗎？
無言——
啊，這裡有空位！
船長
這裡沒人坐，請坐吧♪
什麼！
就這樣……
叭叭叭叭叭
副船長就任
叭叭叭叭叭叭
觀光船航線緊靠著半島，感覺驚心動魄！

因為天候不佳，霧很濃，彷彿會有神仙出現……
白茫茫～～
不過最精彩的莫過於斷崖絕壁的險峻高聳，真不愧是日本的斷面
崎嶇不平
嘩嘩嘩嘩嘩
叭叭叭
嘩嘩嘩嘩
2樓海風很強，但視野很好，可說是最頂層的特權
視野很棒♪
但是……
啪答啪答啪答啪答
今天非常歡迎各位搭乘知床觀光船……
嗯？
上面傳來奇怪的聲音
咚—
!!
船頂好像有什麼東西!?
啪答啪答啪答啪答
有啪答啪答的聲音
仔細一看，很像是蹼和鳥類的身影
難不成還有3樓!?
咚—
咕咕
知床半島圖解
知床半島是世界遺產，充滿珍貴的自然風貌
羅臼岳
三峰岳
沙西意岳
知西岳
歐卡巴凱岳
硫磺山
知床岳
知床岬
魯夏灣
神水溫泉瀑布
象鼻
男兒淚

很像大象的岩石
象鼻
是大象耶
跟大象好像哦
也有瀑布
神水溫泉瀑布
也有熱騰騰的(?)溫泉瀑布
嗬卡
嗬卡
和很多珍貴的野生動物
我是老鷹
我也是老鷹
那裡有白尾鷲
是哦！哇…
啊！左邊海面上現在看得到海豚。俗稱鎌海豚。
看！在那裡！
!!
什麼！真…真的呢♡
真是討厭，被發現了
啊，討厭
唉呀，好煩哦
咚——
乘客的反應跟看到白尾鷲時完全不一樣
海豚耶，天啊！
啊，海豚在那裡♪
真的海豚耶
哇…
來這邊…
哇，是海豚耶
哇！這邊來！
哇！
啪嚓啪嚓
啪嚓
噗通
啊，沉下去了
唉呀，好可惜喲
船長一副習以為常的樣子，環視整個海面
…
卡嚓
啪沙
噗通
哇
哇
現在又出現在右手邊了，看見了嗎？
麥克風
是在玩找海豚遊戲嗎？
好的，現在換成左邊…潛下去了
右前方偏後
現在是左前方前後都有
現在是正前方
哇…
哇…
啪沙
啪沙
游來游去
噗通
噗通
海豚也玩得很盡興
海豚不過只是露個背鰭就這麼大受歡迎，換作是鯖魚恐怕就沒人理吧
游來游去
啪擦
啪擦
啪擦
真好，簡直就是萬人迷嘛
好想變成海豚!!

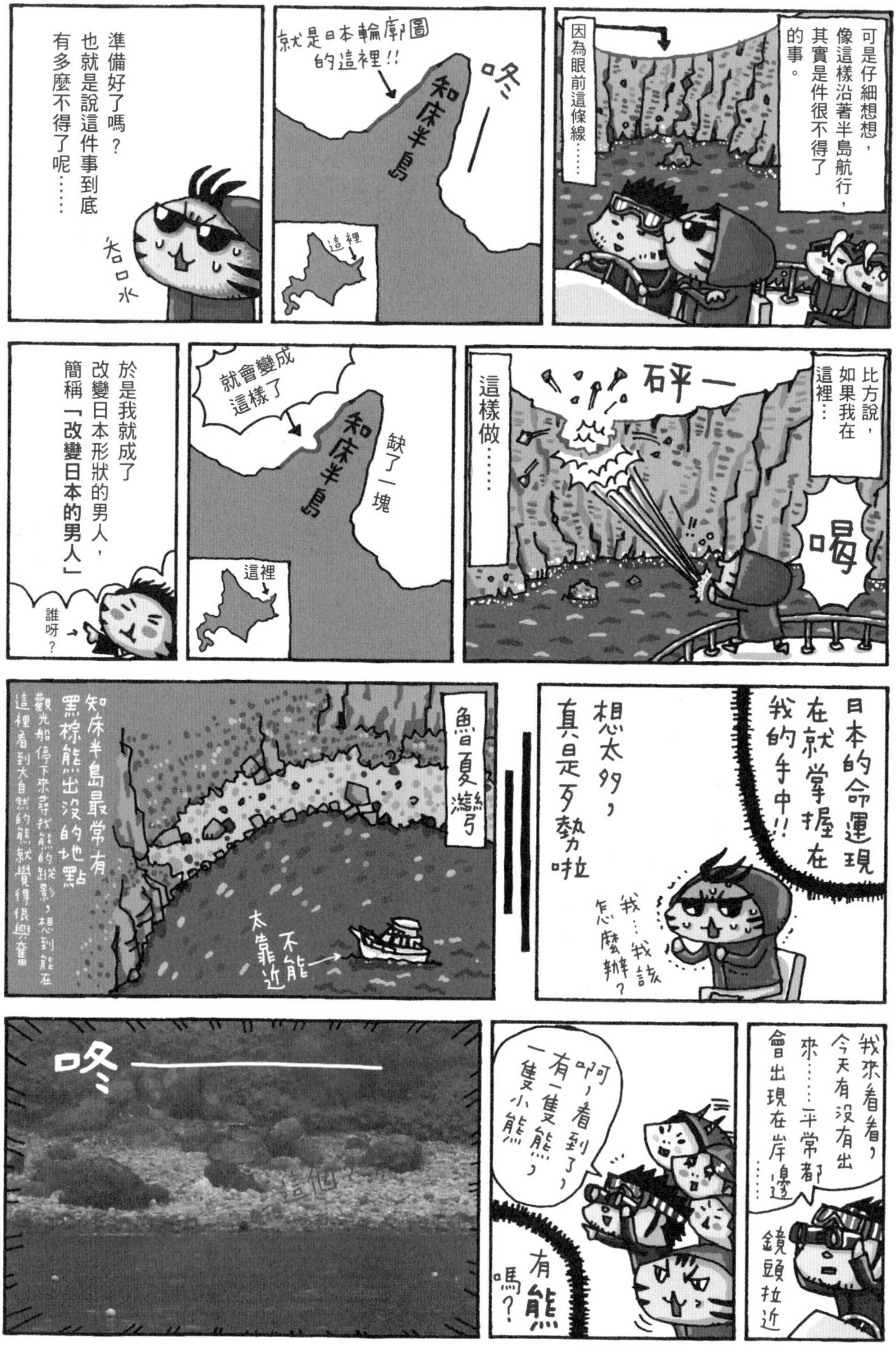
可是仔細想想，像這樣沿著半島航行，其實是件很不得了的事。
因為眼前這條線……
就是日本輪廓圖的這裡!!
咚—
知床半島
這裡
準備好了嗎？也就是說這件事到底有多麼不得了呢……
吞口水
比方說，如果我在這裡…
這樣做……
砰—
喝
就會變成這樣了
知床半島
缺了一塊
這裡
於是我就成了改變日本形狀的男人，簡稱「改變日本的男人」
誰呀？
日本的命運現在就掌握在我的手中!!
想太多，真是歹勢啦
我……我該怎麼辦？
魯夏灣
知床半島最常有黑棕熊出沒的地點
觀光船停下來尋找熊的蹤影，想到能在這裡看到大自然的熊就覺得很興奮
不能太靠近
我來看看，今天有沒有出來……平常都會出現在岸邊……
鏡頭拉近
有熊嗎？
啊，看到了，有一隻熊，一隻小熊
咚—
這個？

無言
好小喲!!
真的是熊嗎?
那是熊還是芝麻呀，根本看不清楚
這情形就跟「嗯，是醬子啦。俺跟平常一樣，在牧場幫我的牛阿花擠奶時，突然東方天空閃閃發亮。出現一個會飛的圓盤。然後從裡面走下來一個被亮光包圍的東西。沒錯，那就是一隻熊」一樣奇怪…
但仔細一看
那東西動了
動了一下
腦內變換作業中
芝麻?
會動!!
那就是熊了!!
乾脆就想得可愛點
嗯——
天靈靈地靈靈，我變!
好可愛喲～♥
大概好可愛吧!
可能是長這樣的熊，沒錯吧
正在捕捉鮭魚♪
啪沙 啪沙
為類似黑棕熊的黑色物體稍微感動了一下後，也不知道是誰帶衰，天氣變壞了，觀光行程中止，必須折返。無所謂啦，反正大概也看到熊了，我也很習慣這種情形。既然生為雨男，早就習以為常了。
船調頭
於是，
哇!鎌海豚又來了
快看這邊，海豚耶，哇……
就在再度出現的鎌海豚目送下回到碼頭
唉呀，真討厭!再見了
是呀，真討厭，再見啦
可是像今天這樣順利地看到鎌海豚和熊，應該算是很難得吧?又不是抱著期待就會出現的東西，算幸運吧?
不會呀!幾乎每天100%都能看得到。像昨天就看到了十來隻母熊帶小熊
所以一點也不Lucky
蝦密!
斬釘截鐵
下次再來玩——♪
觀光船航程結束
嘿

搭完觀光船，天色也不早了，聽說在通往今天住宿飯店路上，有一個近眺湖水的絕佳景點，於是決定順道過去看看。
噗嚕嚕嚕
美幌峠
知名的屈斜路湖就在眼前。從展望台看下去的景色堪稱絕景。
阿寒国立公園美幌峠
屈斜路湖
哇……哦!!
那超廣角的景觀…
一片白茫茫
都是霧 霧茫茫
什麼都看不見!!
鏘 鏘!
看得見的只有這個!
注意!
熊出沒地帶
美幌町
天啊!這裡很危險
我們快逃吧
從船上看到豆子大小的熊雖然覺得不過癮，但還是讓我謝絕這種直接面對的機會。畢竟是熊，野生的熊，今天還是先回去吧，就這麼說定了
媽呀!快逃
平常沒有雨男帶衰的話，風景是這樣
小胖→
屈斜路湖
美幌峠
回到停車場的我們在霧中看到一個陰影
嗯?
朦朧
咚——
是鹿耶
那是蝦夷鹿

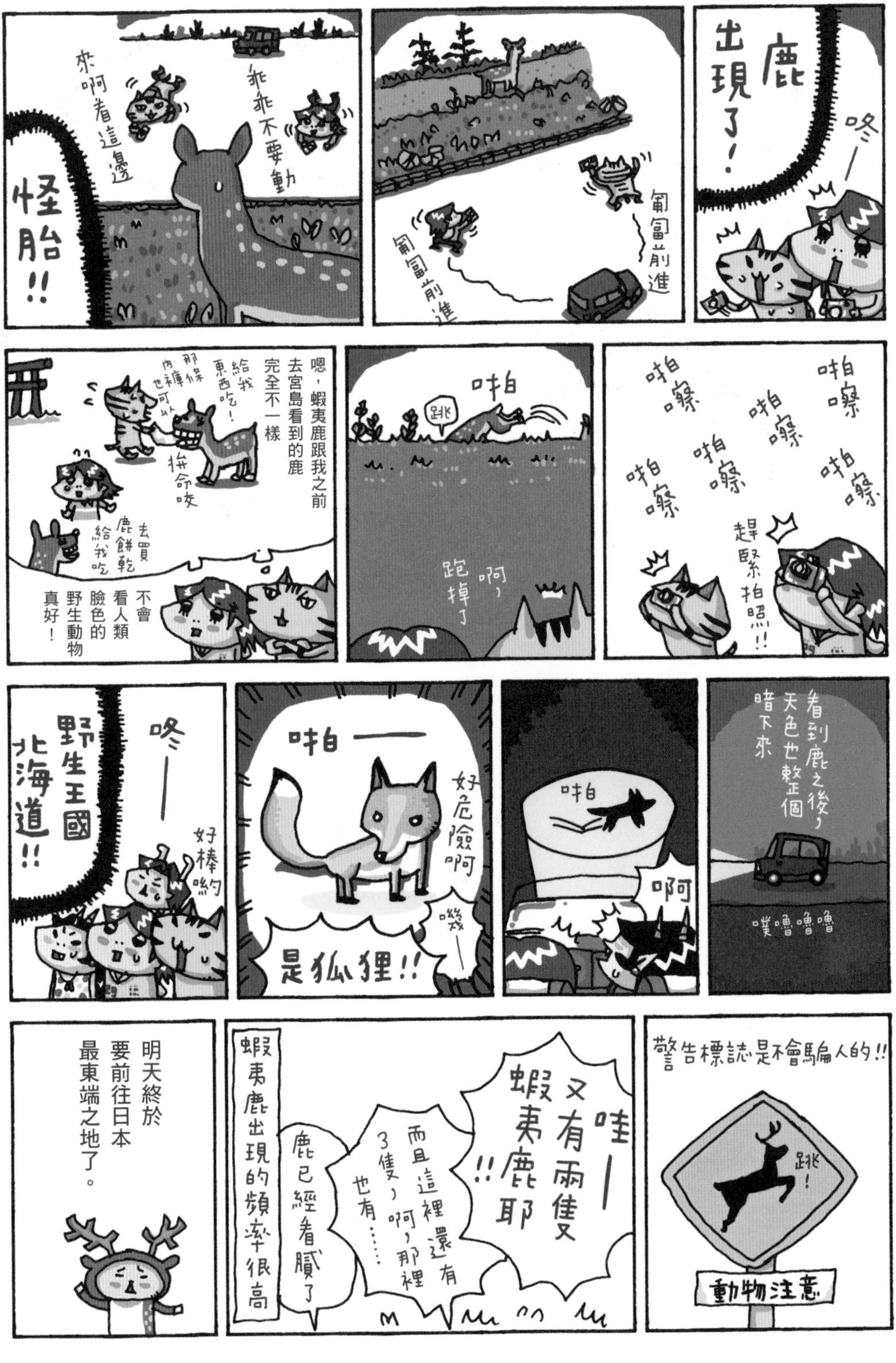

來啊看這邊
乖乖不要動
怪胎!!
匍匐前進
匍匐前進
鹿出現了!
咚—
嗯，蝦夷鹿跟我之前去宮島看到的鹿完全不一樣
給我東西吃!
那條內褲也可以
拚命咬
去買鹿餅乾給我吃
不會看人類臉色的野生動物真好!
啪
跳
啊，跑掉了
啪嚓
啪嚓
啪嚓
啪嚓
啪嚓
啪嚓
趕緊拍照!!
野生王國北海道!!
咚—
好棒喲
啪——
好危險啊
嗞—
是狐狸!!
啪
啊
看到鹿之後，天色也整個暗下來
噗嚕嚕嚕
明天終於要前往日本最東端之地了。
蝦夷鹿出現的頻率很高
哇— 又有兩隻蝦夷鹿耶!!
而且這裡還有3隻，啊，那裡也有……
鹿已經看膩了
警告標誌是不會騙人的!!
跳!
動物注意

生長在知床的野生動物們

黑棕熊

北海道is熊。
其知名度之高，讓人一提北海道就會聯想到熊，大概跟白色戀人同等級，甚至有過之無不及啊，還有螃蟹也是

據說魯夏灣的環境非常適合黑棕熊生長

話又說回來，熊類之中最大級別的黑棕熊。萬一路上遇見牠們，千萬別顧著說「叩呵！熊先生」，直接拔腿就跑即可。雖然牠們很膽小，但如果逞強跟牠們對打，應該會被打得很慘吧。

蝦夷鹿

常常跑到馬路上，而且速度很快。快到甚至被拿來當路邊設立的警告標誌的圖案。千萬要注意

以前差點瀕臨絕種，保育後竟然又繁殖過度。現在會被做成鹿肉漢堡。

蝦夷黑貂

不會是臉上忘了塗顏色吧？這些孩子們本來就是長這樣。是一種長相很可愛的貂鼠。這麼可愛的貂鼠，不久的將來會大受歡迎吧，應該會帶動一股蝦夷黑貂風潮吧。就像雖然很想將牠當成寵物，但因為是野生動物所以不行，只好讓長相類似的貂鼠引領風潮了。這就是蝦夷黑貂身處的情況。

北狐

跟南狐相較，特徵是腳尖呈黑色。雖想這麼說，但其實南狐似乎不存在。實在令人難以接受。

蝦夷松鼠

北海道的森林裡幾乎都能見到牠們。沒有冬眠的習慣，冬天時，耳朵的毛會豎起來。

白尾鷲
因為尾翼是白色的，很容易辨認。可是因為尾翼是白色的就叫白尾鷲、因為頭上無毛就叫禿鷹，人類幫自己的小孩取好聽的名字，卻只根據鳥類的特徵亂取絲毫也不優雅的名字呢。
大鷲
俺就是老鷹，你也是俺，你的東西就是俺的，俺的東西還是俺的。我不是因為沒東西才這樣亂寫，不過這就是……大型的老鷹。
斑鴞
愛奴民族視牠們為「神鳥」而加以崇拜。由於數量在減少中，必須保育才行。雖然叫做斑鴞，但身上沒有像斑馬樣的條紋。
海天使
還以為是什麼軟體動物，沒想到竟然是卷貝類。真的嗎？可是牠又沒有捲起來，身上也看不到貝殼呀。因為神祕的外貌而被稱為「流冰天使」，牠的「用餐方式」則是從頭部伸出6隻觸手捕捉獵物吸食。因為外觀可愛所以容易遭受精神傷害，請小心。
海獅
海豹類動物中，身材最大隻的。因為會吃卡在魚網上的魚，自古以來被怨稱為「海洋流氓」。近年來數量銳減，請多加保護。但也有時也被拿來做成咖哩罐頭。

小澎在店家的角落幹嘛？
有點奇怪喲。

呼！總算趕上集合時間。
沒想到我最早到，其他人還沒來嗎？

立刻租車出發！眼前頓時出現一大片的草原，讓大家的心情馬上振奮起來。這種景色很難讓人想像之前還身在公司裡。

在大家睡得死去活來之際，
班機已抵達女滿別機場！

隨著汽車的奔馳，窗外景色不斷變化。
終於來到海邊，世界遺產的知床半島已然不遠。

上次取材已經嘗過北海道冬天的寒冷滋味，因此最東端之旅決定選在夏天進行。夏天就可以開車兜風到處跑，而且水果也很好吃。

最北端取材之旅的第一餐是海膽蓋飯。
不錯吧，嘻嘻嘻。

不過在參觀世界遺產之前，
得先填飽肚子，對吧？

可惜知床半島的天候不佳，觀光船的行程只走了一半。不過霧氣中看到的斷崖、海岸線、野生動物等，還是氣勢萬千，很值得。

看得見熊嗎？
雖然看起來有點像是激起的浪花⋯。

聽說有熊耶，
我也睜大眼睛認真找，
可是在哪裡呢？

到美幌峠一遊。

哇，好冷喲。雖然是夏天，但是搭知床觀光船還是很冷。果然北海道就是不一樣哩。雖然熊在遠方看不清楚，但還很盡興。

不好了！
搞不好可以近距離碰到熊？
這時還是不要碰面的好。

各位，不得了了！
聽說可能有熊出沒耶……

嗯…嗯…原來如此，
從這裡眺望的景觀……

聽說非常漂亮……

可惜只有一片霧茫茫。
不過這種夢幻般的感覺
也不錯。

喂！你們有沒有在聽呀？
這上面還有用外文寫耶。

發現野生的鹿。站在原野中的身影很酷嘛。還好不是野生的熊。

不是叫你拍照，
是提醒你要當心熊可能會出現……

Chapter 7

往最東端的路②

2008年7月
最東端之地、納沙布岬
和花開蟹

第2天
早安，今天是這次旅行的主菜，前往日本最東邊的角落。
由於北海道的移動距離非同小可，因此租來的車子發揮了很大的功能。
在這裡！
雖然跟北海道沒關係…
噗嚕嚕嚕
在漫畫裡面很容易被誤以為老是在一起的小澎和Goma's成員，其實除非是旅行，很少有機會長時間相處
而像這樣一起相處下來，我的感想是……
這傢伙只要想睡，就連冬眠也不成問題吧
移動時一直都在睡覺
呼嚕
呼嚕
另一件令人在意的事，是沿路上路旁的箭頭標誌，那是什麼？
原來是冬天馬路積雪時，用來標示道路界線用的。果然是雪國才有的特殊作法
路在哪邊？
路在哪邊？
就在東想西想之際……
納沙布岬
Nosappumisaki
根室市街
Central Nemuro
豊里
Toyo Sato
35
差不99快到了♪
噗嚕嚕嚕
看得到海角了

納沙布岬
這就是日本最東端的海角
望鄉の
哇哦!!
四島祈願橋
這是祈願北方領主歸還日本的象徵。鐵製的橋身已經鏽得非常厲害。底下的祈願之火會一直燃燒到歸還之日為止。
※但不是最東端的象徵
火
好大呀!
本來以為最東端不像北端或南端,會比較低調。沒想到居然設置了這麼壯觀的紀念碑。
你們搞錯了啦
就這樣到達日本最東端!!
咚咚咚
日本第一(最東端)的插畫家誕生♪
挑戰成功!!
就說你們搞錯了嘛
唉呀,這麼一來東西南北的頂端全部都征服了!暫且不管動機如何,總之是很厲害的挑戰……
我成功了~~
感慨萬千
正在挑戰自行車環繞日本一周,現在剛到達日本的最東端!萬歲!♪
日本一周
鏘!
嚓……
更厲害的來了!!
叩可
日本一周挑戰中!!
和平鐘
祈願北方領主歸還日本的鐘
恭喜到達日本最東端!!謝謝!!
噹…
噹噹…
這樣會惹別人生氣的

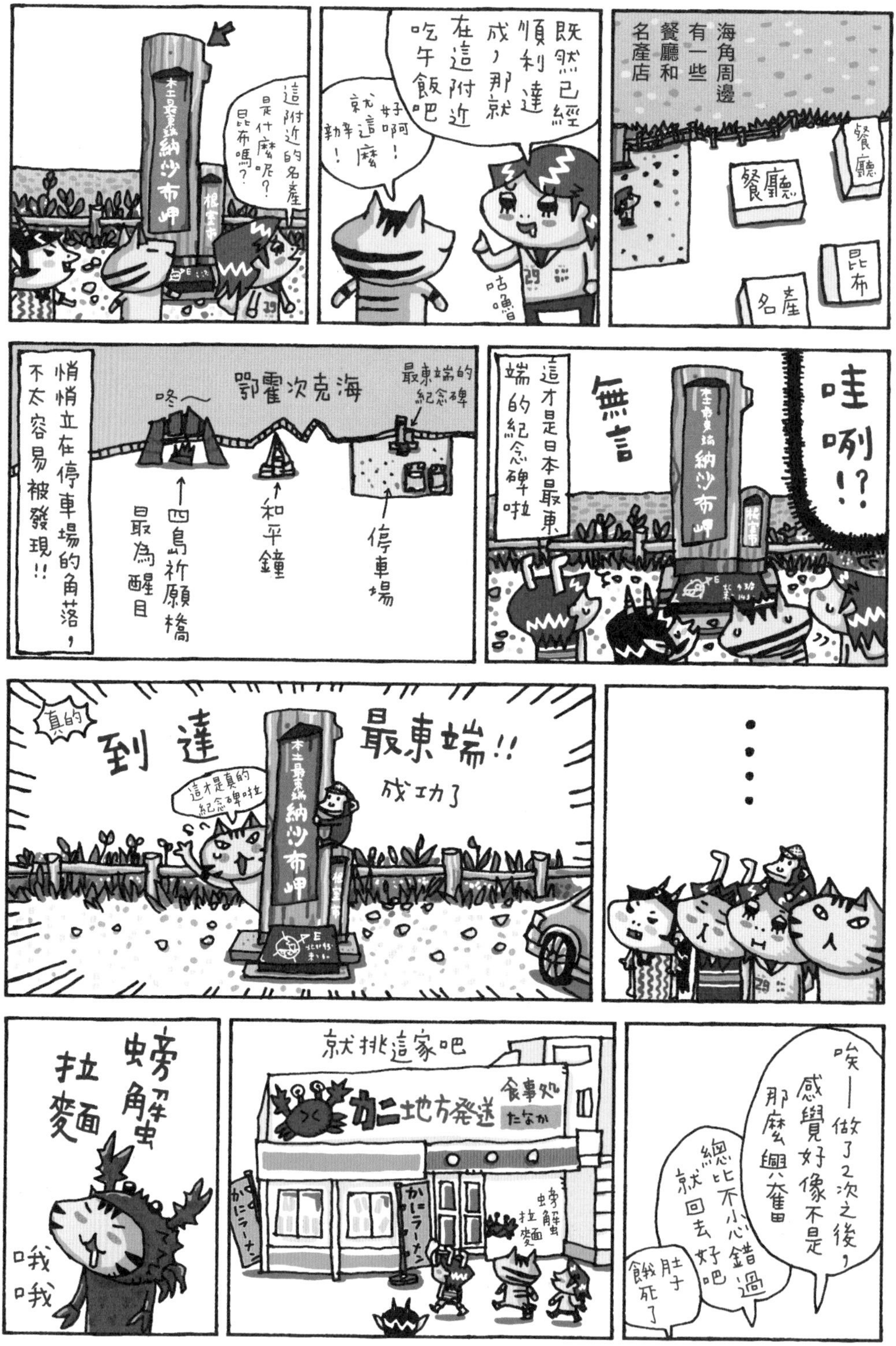

本土最東端 納沙布岬
根室市
這附近的名產是什麼呢？昆布嗎？
既然已經順利達成了那就在這附近吃午飯吧
好啊！就這麼辦！
咕嚕
海角周邊有一些餐廳和名產店
餐廳
餐廳
昆布
名產
悄悄立在停車場的角落，不太容易被發現!!
鄂霍次克海
最東端的紀念碑
咚～
四島祈願橋最為醒目
和平鐘
停車場
這才是日本最東端的紀念碑啦
無言
哇咧!?
真的
到達 最東端!!
這才是真的紀念碑啦
成功了
…
螃蟹拉麵
哦哦
就挑這家吧
カニ地方発送
食事処 たなか
かにラーメン
螃蟹拉麵
唉—做了2次之後，感覺好像不是那麼興奮
總比不小心錯過就回去好吧
肚子餓死了

歡迎光臨，本店是用活的花開蟹下水汆燙上桌的，特別推薦喔！
花開蟹!?
花開蟹
煮過後顏色會變紅，就像花開一樣，所以叫做花開蟹。看起來很可口的樣子
身上到處都是刺
菜單果然以海鮮類為主，秋刀魚好像也是推薦菜
螃蟹拉麵
螃蟹咖哩
干貝拉麵
鮮蝦拉麵
琳琅滿目
螃蟹咖哩
吃起來好像很麻煩
就選能當題材的……
我要螃蟹拉麵
我要螃蟹拉麵
我要螃蟹拉麵
我要海鮮蓋飯
貪吃鬼卻我行我素
因為好像很好吃
!!
水煮花開蟹也有整隻水煮的，要不要來一隻呢？
味道很棒的
那就煮一隻吧!!
還有推薦新鮮的烤干貝，要不要烤幾個呢？
肚子餓扁了
那也烤下去吧
好期待海鮮蓋飯喲！先去上個洗手間再說
我也要
螃蟹拉麵螃蟹拉麵不知長怎樣？♪
咚咚
咚
一定是長這樣。整隻螃蟹從碗公裡滿出來！♪
麵
真的嗎

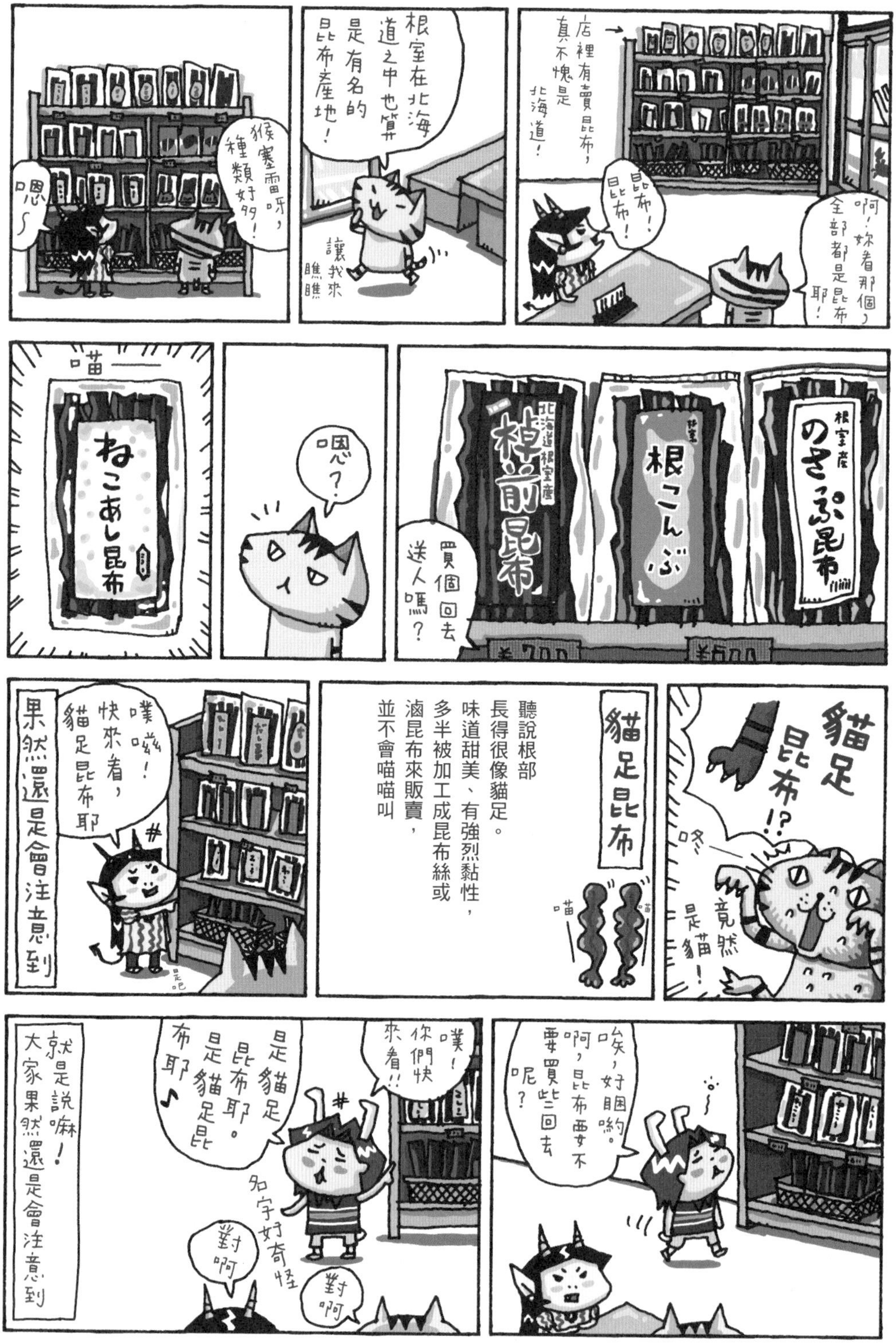
猴塞雷呀，種類好多！
嗯～
根室在北海道之中也算是有名的昆布產地！
讓我來瞧瞧
店裡有賣昆布，真不愧是北海道！
昆布！昆布！
啊！妳看那個，全部都是昆布耶！
喵——
ねこあし昆布
嗯？
北海道根室產
棹前昆布
根室
根こんぶ
根室產
のさっぷ昆布
買個回去送人嗎？
貓足昆布!?
咚—
竟然是貓！
貓足昆布
喵
喵
聽說根部長得很像貓足。味道甜美、有強烈黏性，多半被加工成昆布絲或滷昆布來販賣，並不會喵喵叫
噗嗞！快來看，貓足昆布耶
果然還是會注意到
唉，好睏喲。啊，昆布要不要買些回去呢？
噗！你們快來看!!
是貓足昆布耶。是貓足昆布耶♪
名字好奇怪
對啊
對啊
就是說嘛！大家果然還是會注意到

……
啊，有昆布
如此一來，大家當然也想看看最後一人的反應了
是不是一下鍋煮，就會產生貓足的味道呢？
討厭昆布哪的
那個人
轉頭
她一定會說的
一定會的
你們看看嗎？居然有貓足昆布耶
咚——
任務達成!!
受歡迎真累人！
接下來 螃蟹拉麵上場
螃蟹
鹽味
昆布
筍絲
海帶芽
蔥
跟我想像的不同，沒有擺上一整隻的螃蟹！不過小菜搭配的是昆布，倒也很少見。感覺很有北海道的風格，先吃一口再說
我要開動了
呼呼呼
唏哩呼嚕
唏哩呼嚕
海鮮蓋飯!!
的確海鮮的湯底很夠味，鹽味的麵湯也很香醇好吃！蟹肉吸飽了湯汁，已經吃不出原味，至於麵條則是太糊了……

海鮮蓋飯吃得到蟹肉原味，尤其特別的是有秋刀魚，油脂肥美很好吃。白飯則是溼答答的
水煮螃蟹上菜了♪
紅通通的耶
吃法是用剪刀剪成一段一段之後……
剪啊剪
剪啊剪
輕輕一推，蟹肉就會跑出來了
軟Q~
!!
知道了♪
剪啊剪
喀嚓 喀嚓 喀嚓 喀嚓 喀嚓
開動了
一口塞入
一口塞入
好甜呀！
外觀看起來很華麗，味道卻很實在。螃蟹的滋味濃厚，好吃極了
香醇多汁
金子編輯，你們也一起來吃呀
很好吃喲
幫我剝
立刻剝
沒有人
幫忙剝螃蟹就不吃派
原來如此
趁我在吃螺螺肉的時候，幫我剝殼
剪呀剪
剪呀剪
送過去
剪呀剪
剪呀剪
送過去
一口接著一口
一口接著一口
好吃度盛開
亮晶晶
沒用過的
咚—
感覺很納悶

為什麼是荷蘭呢……又軟又薄與其說是仙貝，倒不如說像是把鯛魚燒的餅皮攤大了，感覺很柔軟
薄薄一大片
根室名產荷蘭煎餅
咚——
用完餐後，到附近商店物色有根室風味的名產
螃蟹打火機
轟
咔嚓
Bear!
用力咬呀咬
搖來晃去
使勁扯呀扯
渾身一顫抖
!?
咬呀咬
扯呀扯
不過呢…
看起來軟綿綿的……
大口咬
咬不動
好像魷魚絲的煎餅啃
不停地嚼呀嚼嚼呀嚼嚼呀嚼嚼呀嚼嚼呀嚼
後面的很吵耶
轟轟——
不停地
嚼呀嚼嚼呀嚼嚼呀嚼嚼呀嚼
越咬越香甜
味道很單純，
啪
砰
好硬呀！
其證據是在咖啡廳旁有一座牧場，裡面就有一隻勇健的……
從招牌上可知這裡有提供現擠的鮮奶
從納沙布岬出發後往南行駛一陣子，長時間的兜風讓大家覺得很累，於是決定到這間漂亮的咖啡廳休息一下
哇，很漂亮耶

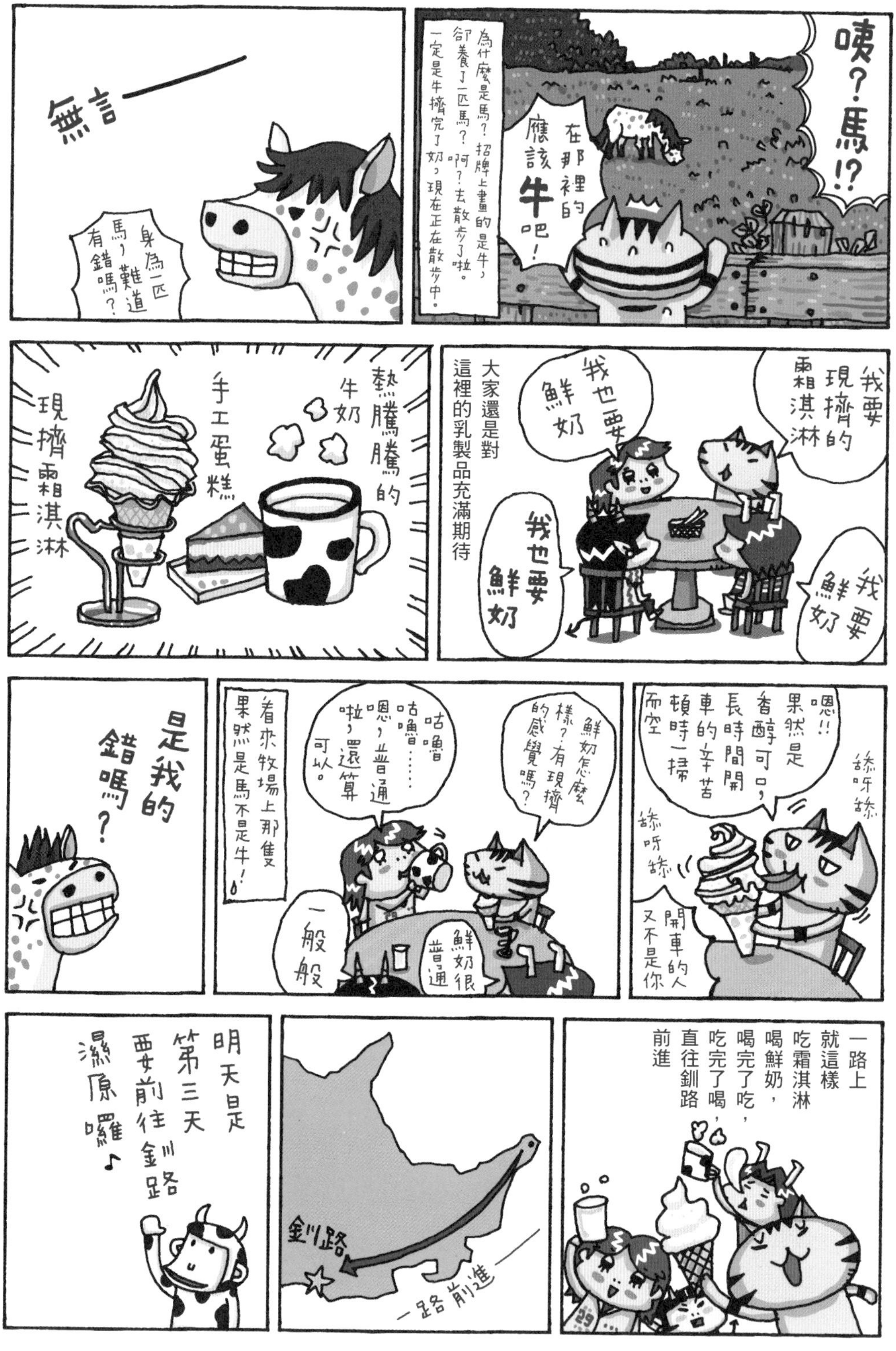
咦？馬！？
為什麼是馬？招牌上畫的是牛，卻養了一匹馬？啊？去散步了啦。一定是牛擠完了奶，現在正在散步中。
在那裡的應該牛吧！
身為一匹馬，難道有錯嗎？
無言——
我要現擠的霜淇淋
我也要鮮奶
大家還是對這裡的乳製品充滿期待
我也要鮮奶
我要鮮奶
熱騰騰的牛奶
手工蛋糕
現擠霜淇淋
嗯！！果然是香醇可口，長時間開車的辛苦頓時一掃而空
舔吁舔
舔吁舔
開車的人又不是你
鮮奶怎麼樣？有現擠的感覺嗎？
咕嚕咕嚕……嗯，普通啦，還算可以。
看來牧場上那隻果然是馬不是牛！
鮮奶很普通
一般般
是我的錯嗎？
一路上就這樣吃霜淇淋喝鮮奶，喝完了吃，吃完了喝，直往釧路前進
釧路
一路前進
明天是第三天要前往釧路濕原囉♪

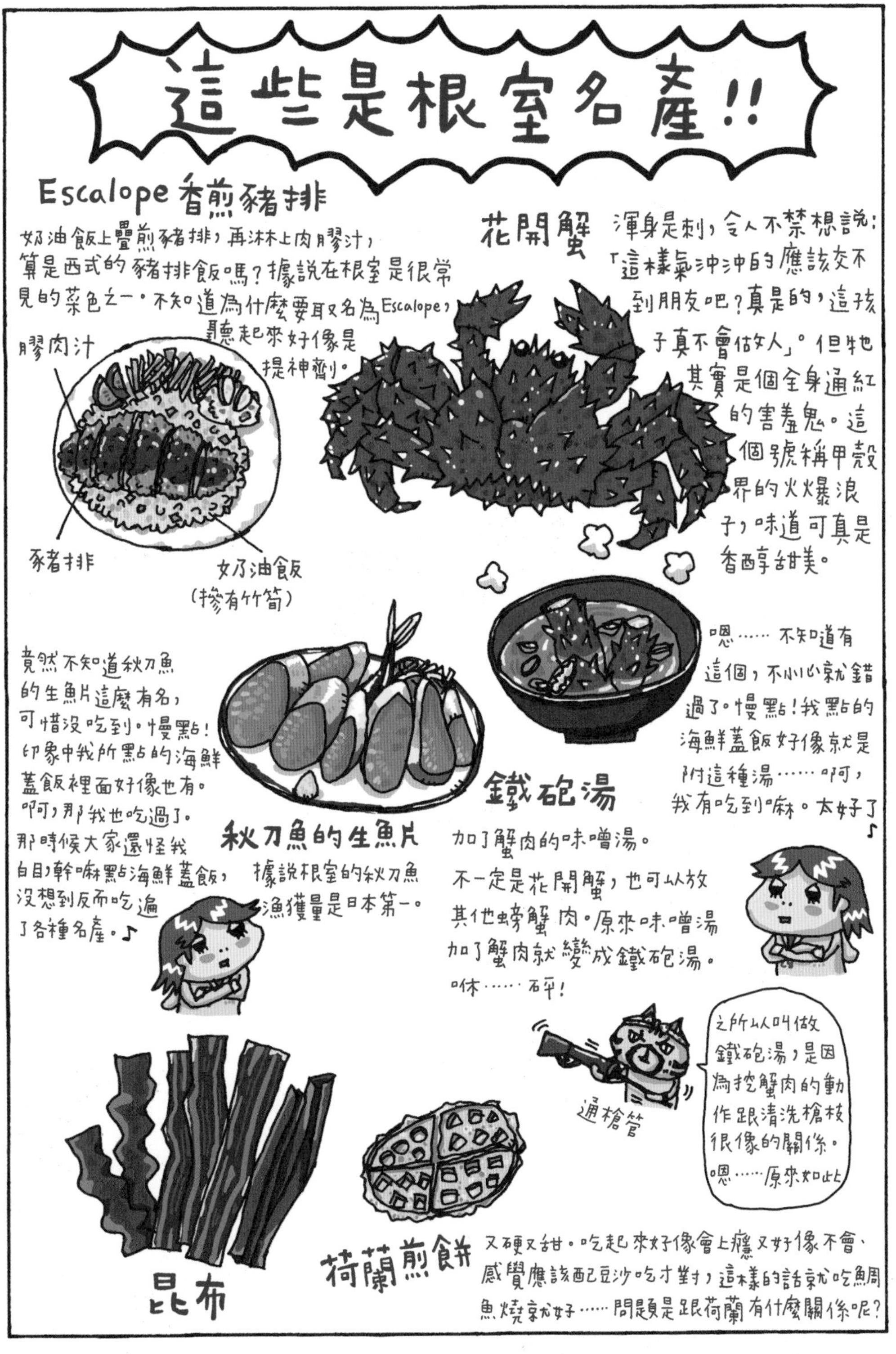
這些是根室名產!!
Escalope香煎豬排
奶油飯上疊煎豬排，再淋上肉膠汁，算是西式的豬排飯嗎？據說在根室是很常見的菜色之一。不知道為什麼要取名為Escalope，聽起來好像是提神劑。
膠肉汁
豬排
奶油飯（摻有竹筍）
花開蟹
渾身是刺，令人不禁想說：「這樣氣沖沖的應該交不到朋友吧？真是的，這孩子真不會做人」。但牠其實是個全身通紅的害羞鬼。這個號稱甲殼界的火爆浪子，味道可真是香醇甜美。
嗯……不知道有這個，不小心就錯過了。慢點！我點的海鮮蓋飯好像就是附這種湯……啊，我有吃到嘛。太好了♪
竟然不知道秋刀魚的生魚片這麼有名，可惜沒吃到。慢點！印象中我所點的海鮮蓋飯裡面好像也有。啊，那我也吃過了。那時候大家還怪我白目幹嘛點海鮮蓋飯，沒想到反而吃遍了各種名產。♪
鐵砲湯
秋刀魚的生魚片
據說根室的秋刀魚漁獲量是日本第一。
加了蟹肉的味噌湯。不一定是花開蟹，也可以放其他螃蟹肉。原來味噌湯加了蟹肉就變成鐵砲湯。咻……砰！
之所以叫做鐵砲湯，是因為挖蟹肉的動作跟清洗槍枝很像的關係。嗯……原來如此
通槍管
昆布
荷蘭煎餅
又硬又甜。吃起來好像會上癮又好像不會、感覺應該配豆沙吃才對，這樣的話就吃鯛魚燒就好……問題是跟荷蘭有什麼關係呢？

為什麼水邊會令人心情平靜呢？
到底為什麼？

用完餐後到附近的屈斜湖散步。
畢竟沒消化一下，
就無法享受接下來的美食。

一日之始當然在於
美味的早餐囉。

有時會看到
牛群馬隻。

好，今天又要打起精神開車囉！
又寬又直的道路綿延不斷，開起來很舒服。
小心別超速。

還有一望無
際的綠色風
光。

這時車上出
現了像這樣
的人。

啊！風力強
的地方還會
有風車喲。

終於來到日本的最東端。
話雖如此，開車之旅輕鬆
愉快，比不上騎單車的征
服快感吧！問題是我沒辦
法哩。

INOUESAN's photo album

納沙布岬即將到了。平田編輯也該醒了！

抵達最東端的納沙布岬。
首先當然要拍照，
大家一起前往紀念碑吧。

到達最東端！萬歲！本以為如此，之後卻有意想不到的發展。

路標上有海鷗？看起來像是雕塑，
不過，是真的鳥。

在停車場角落發現最東端
紀念碑。因為太樸素了，
差點就錯過。

北海道的夏天很迷人，
果然不同於造訪最北端的時候，
海水也沒有結凍。

重新來到最東端！
嚴格說來，這裡也不能算是日本的最東端，
只能算是一般人可以到達的最東端而已。

沒想到昆布的種類這麼多。其中那個昆布的名字相當吸引人……。

菜單太豐富的話，令人很難下決定。

吃到了花開蟹。

花開蟹紅通通地端上桌來了。

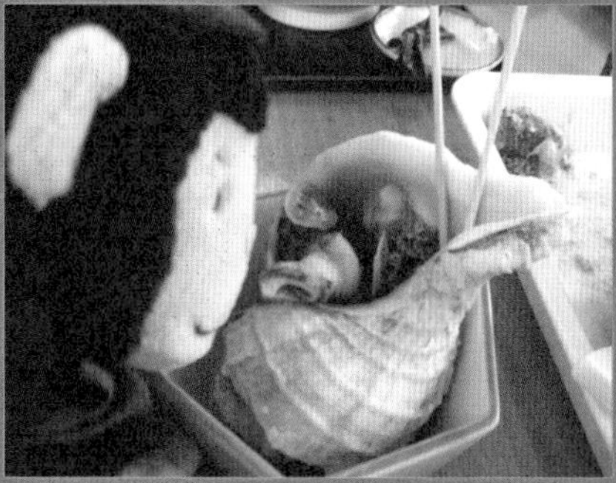

也享用了烤海螺。

當然也享用了海鮮蓋飯。

草原和馬。
十分協調的組合。咦，理所當然嗎。

牛奶和蛋糕。
十分協調的組合。咦，理所當然嗎。

Chapter8

往最東端的路③

2008年7月
釧路溼原與阿寒湖的
綠毬藻

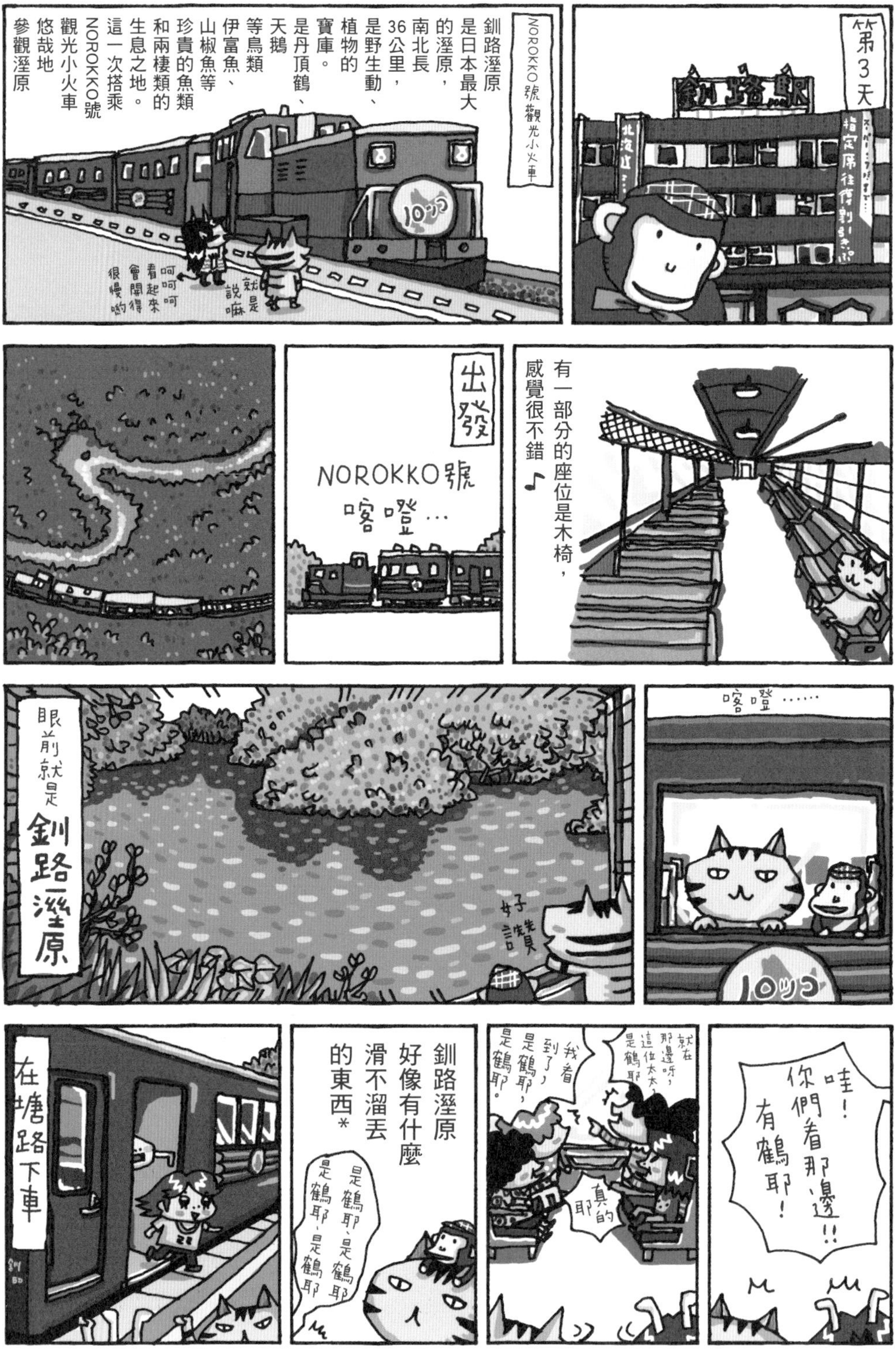
第3天
釧路駅
NOROKKO號觀光小火車
釧路溼原是日本最大的溼原，南北長36公里，是野生動、植物的寶庫。是丹頂鶴、天鵝等鳥類伊富魚、山椒魚等珍貴的魚類和兩棲類的生息之地。這一次搭乘NOROKKO號觀光小火車悠哉地參觀溼原
就是說嘛
呵呵看起來會開得很慢喲
有一部分的座位是木椅，感覺很不錯♪
出發
NOROKKO號
喀噔…
喀噔……
眼前就是釧路溼原
好讚
哇！你們看那邊!! 有鶴耶！
就在那邊呀，這位太太，是鶴耶
我看到了，是鶴耶，是鶴耶。
真的耶
釧路溼原好像有什麼滑不溜丟的東西*
是鶴耶、是鶴耶、是鶴耶、是鶴耶
在塘路下車

＊註：鶴的日文發音 tsuru，和光滑的發音相同

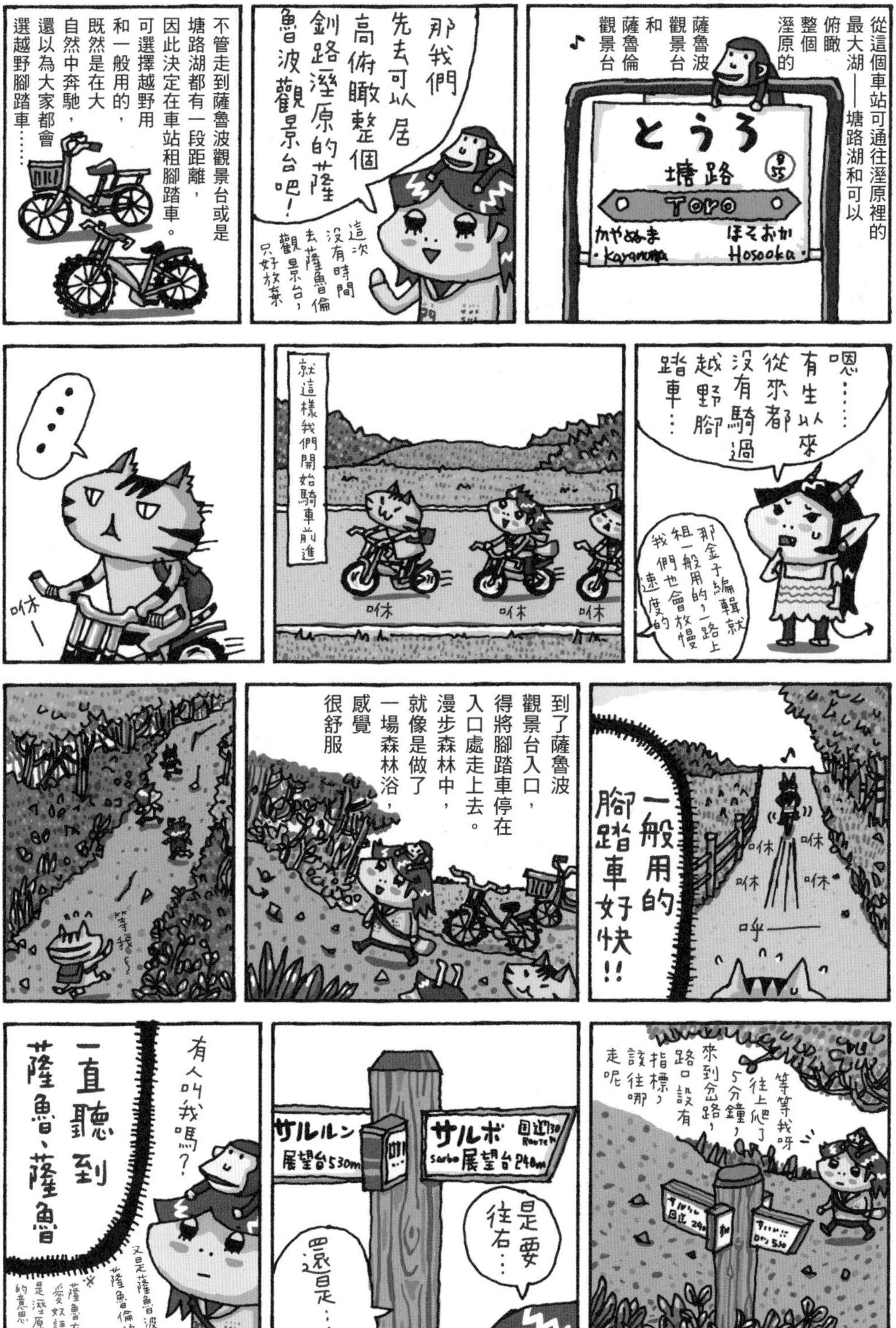

從這個車站可通往溼原裡的最大湖——塘路湖和可以俯瞰整個溼原的薩魯波觀景台和薩魯倫觀景台
とうろ
塘路
Toro
かやぬま Kayanuma
ほそおか Hosooka
那我們先去可以居高俯瞰整個釧路溼原的薩魯波觀景台吧！
這次沒有時間去薩魯倫觀景台，只好放棄
不管走到薩魯波觀景台或是塘路湖都有一段距離，因此決定在車站租腳踏車。可選擇越野用和一般用的，既然是在大自然中奔馳，還以為大家都會選越野腳踏車……
嗯……有生以來從來都沒有騎過越野腳踏車…
那金子編輯就租一般用的，一路上我們也會放慢速度的
就這樣我們開始騎車前進
咻
咻
咻
…
咻
一般用的腳踏車好快!!
咻
咻
咻
咻
呼——
到了薩魯波觀景台入口，得將腳踏車停在入口處走上去。漫步森林中，就像是做了一場森林浴，感覺很舒服
等我~
等等我呀
往上爬了5分鐘，來到岔路，路口設有指標，該往哪走呢
是要往右…
還是…
サルルン 展望台530m
サルボ 国道391 Route 391 sarbo 展望台240m
有人叫我嗎？
一直聽到薩魯、薩魯
又是薩魯波、薩魯倫的
※薩魯在愛奴語是溼原的意思

（譯註：猴子的發音是SARU）

＊路標：右→薩魯波觀景台240m　左→薩魯倫觀景台530m

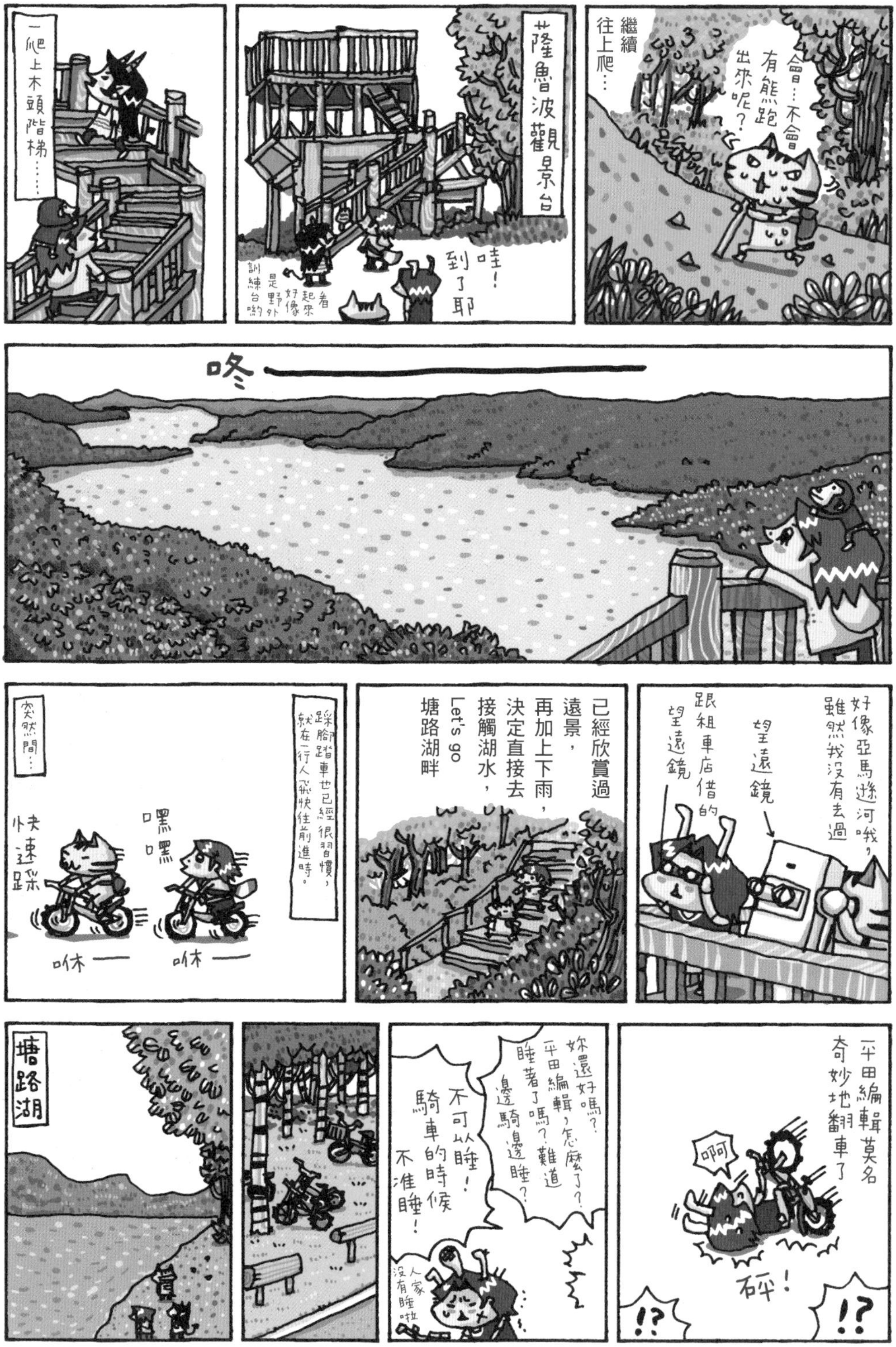

一爬上木頭階梯……
隆魯波觀景台
哇！到了耶
看起來好像是野外訓練台喲
繼續往上爬…
會…不會有熊跑出來呢？
咚——
好像亞馬遜河哦，雖然我沒有去過
望遠鏡
跟租車店借的望遠鏡
已經欣賞過遠景，再加上下雨，決定直接去接觸湖水，
Let's go
塘路湖畔
踩腳踏車也已經很習慣，就在行人飛快往前進時。
突然間…
嘿嘿
快速踩
咻——
咻——
塘路湖
一平田編輯莫名奇妙地翻車了
啊
砰！
!?
!?
妳還好嗎？平田編輯，怎麼了？睡著了嗎？難道邊騎邊睡？
不可以睡！騎車的時候不准睡！
人家沒有睡啦

哇，好大啊。♪
真不愧是釧路溼原裡最大的湖。
看看裡面長什麼樣子！
有人捷足先登！
無言！
呼嚕！
而且睡著了，明明才剛到，居然又睡著了
嗯…不知道這邊怎麼樣
?
噠噠噠噠
風景真好，快拍
這邊也要拍一下
啪嚓
啪嚓
啪嚓
啪嚓
就這樣身邊看不到其他人
大家都跑到哪去了？
嗯？
你們在做什麼!?
無言
人到黃昏3人組
詳細情形
騎車累了的人
睏得不得了的人
什麼事都沒有的人
不好意思打擾各位休息，不過我們該往下一個地點移動了
快點起來吧
什麼？要走了嗎？
呼——好久沒騎腳踏車，感覺好累呀
拾起
算了，那就走吧
噠噠噠
丟
咻
咻
咻
咻
咻
哇！猴塞雷
咦？

你……你怎麼會打水漂兒啊？
哇
咦？大家小的時候不都會在河邊玩打水漂兒嗎？
啊，只有男生會玩吧
沒什麼啦，幹嘛那麼驚訝
我……頭一次這麼尊敬小澎耶
好棒呀
頭一次得到的尊敬，竟然是……
居然不是因為插畫家和編輯之間對創作的意見等等，而是這點？
好厲害
好棒
呼嚕
而且彼此的友情也不算短，卻到現在才……
於是開始了打水漂兒教學
最重要的是挑選石頭，盡可能找平一點的
這樣才能跟水面保持平行……
對了，找到石頭後，用食指抵住……
我看看……嗯……
用力甩出去
哼
!!
啪
啪
噗
成功了
好棒喲，金子編輯的石頭彈跳了2次
原來比想像的簡單，根本不值得尊敬嘛
居然一出手就成功了，惡魔真是可怕！
話又說回來，很可惜沒能遇到生活在釧路溼原的野生動物。
雖然搭乘觀光小火車時，那群歐巴桑不停嚷著看到滑不溜丟的東西……
即使換了不同的地方，還是沒看到動物。照理說釧路溼原應該有鶴、丹頂鶴、熊、啄木鳥、北山椒魚等天然紀念物……
就是因為不容易看到，所以才被列為天然紀念物的吧
嗯──會不會有什麼動物呢？
東張
西望
有耶！在釧路溼原發現野生動物了。
咚
有兔子
真的嗎？
什麼！在哪裡？是什麼？
看──
搖來
搖去
是天然的喲
很愛睡覺

回到塘路車站
我的腳踏車最棒了
離回程電車還有一些時間，不如在這附近喝杯茶？
還是吃點心？
因為時間不夠到咖啡廳悠閒坐著，便決定在車站前的小店稍微填一下肚子
いもだんご
かき氷
營業中
有沒有玉米呢
芋頭丸子是什麼東東好像是推薦小吃？
塘路湖名產
加了貝加貝的芋頭丸子
一份2顆 300日圓
芋頭丸子
2コ入り¥200
加了起司的芋頭丸子
¥250
推薦
加入了入口即化的起司
歡迎光臨。
不好意思，請問什麼是芋頭丸子？
這個嘛……
芋頭丸子是北海道人常煮的一種點心。將煮過的馬鈴薯壓碎後，加進太白粉揉成團，再拿去烤。
かき氷
什麼是貝加貝呢？
只有這家店才賣的貝加貝芋頭丸子。貝加貝就是菱角，據說直接浮在塘路湖等地，然後加在丸子裡
那我要有貝加貝的芋頭丸子
我要一般口味的芋頭丸子
我要加起司的芋頭丸子♪
本來想說離吃飯還有一段時間，一人吃一個可以墊一下肚子……
沒想到分量多到可以完全吃撐，而且一份有2顆
好，開動了♪
咚！
咚！
好大顆
而且有2個
我要開動了
這個未免也太大了吧……
早知道應該兩人點一份……
好Q喲
咬
不過很好吃!!
口感跟一般丸子不同。該怎麼說呢？吃起來很有彈性，不會太軟。馬鈴薯的味道很單純卻很好吃。貝加貝就像味道較清爽的栗子
熱呼呼
跟起司也很對味。就這樣在等待電車時，一個人嗑掉了2顆。謝謝招待。
軟Q
回去釧路車站的電車不是觀光小火車，而是普通車廂，而且也只有短短的一節。到了釧路後又繼續租車前往阿寒湖。
好短呀

從釧路車站一路北上的目的地是湖面漂浮著圓球形、綠色萬人迷的阿寒湖
阿寒湖
咻
釧路溼原
2小時的車程後，我們首先造訪位於湖畔的博物館
阿寒湖畔環保博物館中心
柱子上有熊啄木鳥的模型
擺著有野生動物剝製標本
嵌在牆壁裡面的水槽
很新穎的展示方式
就是說嘛，
這些展示很立體
很有趣
這是展示阿寒湖周邊自然景觀與動物的博物館，除了用水槽介紹綠毯藻外，也有詳細的生態說明
突然眼角瞄到一個頗具壓迫感的陰影，轉過去一看
居然是黑棕熊
吼
館內展示的是黑棕熊的剝製標本。
好大隻！
身形龐大，原來黑棕熊這麼大隻呀
牠的爪子可不得了！我們家的狗用指甲刀肯定也派不上用場
小大銳
面對面看到熊，整個印象都改觀了
儘管心裡知道是很可怕的動物，但是以前新聞報導說有個男性上班族（57歲）上山採山菜遇到熊，使了一記右鉤拳擊退大熊。或是黑棕熊攻擊帳篷，睡在帳篷裡的國中女生（12歲）半睡半醒，以為是她妹妹而用腳一踢，把黑棕熊給嚇跑了。因為聽過熊的慘敗遭遇，總以為萬一遇到熊，應該可以應付。現在才知道根本不行！肯定會被殺死！一點勝算都沒有！
是哪個始作俑者把熊設計成這麼可愛的？根本就不是這個樣子嘛！
我是泰迪熊，
嘻嘻嘻
說到阿寒湖，最有名的就是綠毬藻。館內可透過水槽看到各種大小的綠毬藻，也可以學習到很多不為人知的綠毬藻生態。
合起來才是綠毬藻
接著就來複習成果。一般人都以為綠毯藻是圓球狀，其實並不正確。
什麼！不會吧。
綠毯藻是線狀、細碎的藻類，單獨存在的綠毯藻很容易被吃掉!!所以團結在一起才會力量大。
以上是聽來的，不知道是真是假。不過毛茸茸一球的綠毯藻看起來似乎比較聰明。
綠毬藻
綠毬藻
綠毬藻
還有我
用力擠啊擠
因此這個應該叫做綠毬藻團或是綠毬藻王才對哩

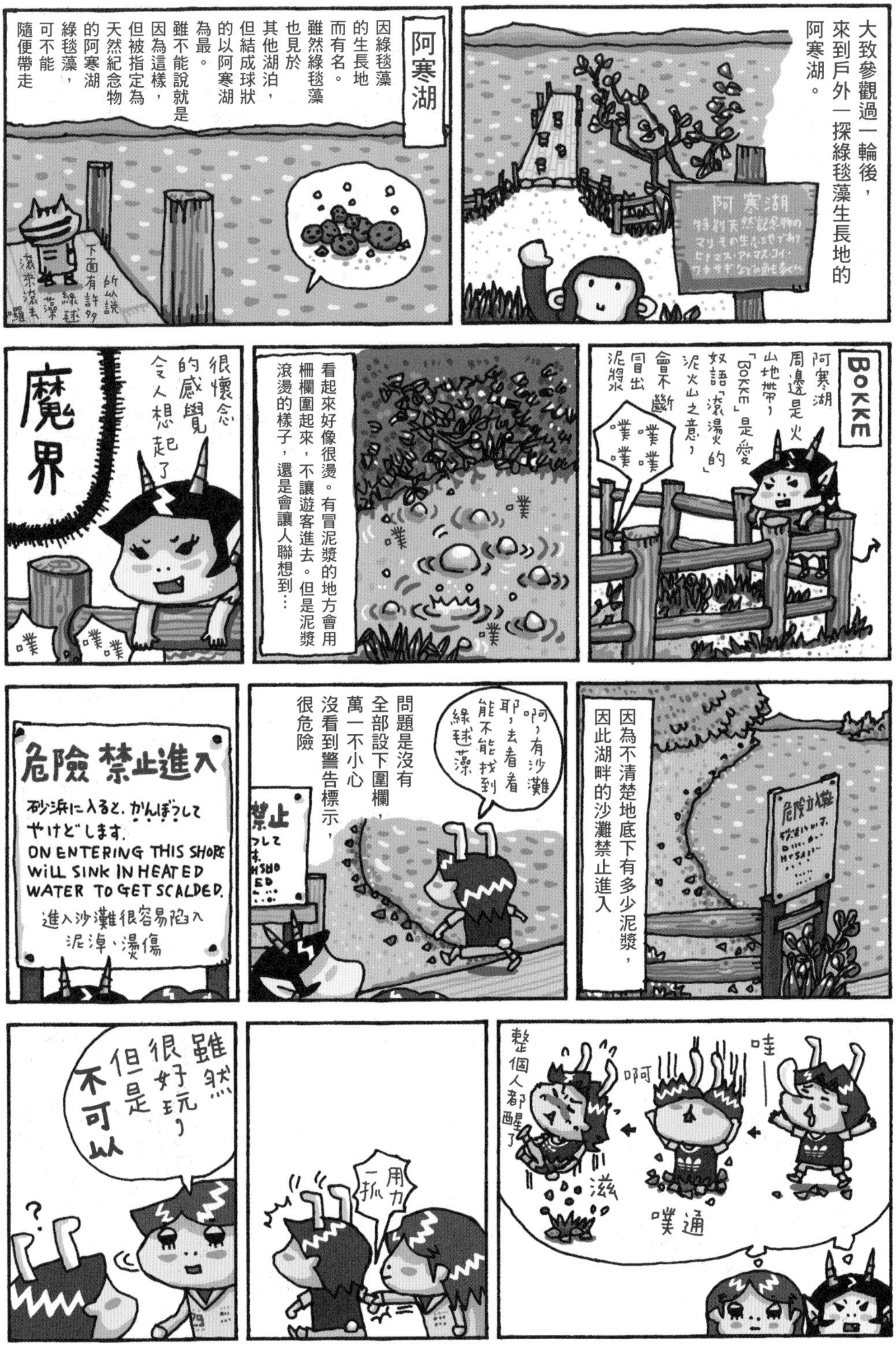
大致參觀過一輪後，來到戶外一探綠毯藻生長地的阿寒湖。
阿寒湖
特別天然記念物のマリもの生息地であり
ヒメマス・アメマス・コイ・
阿寒湖
因綠毯藻的生長地而有名。雖然綠毯藻也見於其他湖泊，但結成球狀的以阿寒湖為最。雖不能說就是因為這樣，但被指定為天然紀念物的阿寒湖綠毯藻，可不能隨便帶走
所以說下面有許多綠毬藻滾來滾去囉
BOKKE
阿寒湖周邊是火山地帶，「BOKKE」是愛奴語「滾燙的泥火山之意」，會不斷冒出泥漿水
噗噗噗噗
看起來好像很燙。有冒泥漿的地方會用柵欄圍起來，不讓遊客進去。但是泥漿滾燙的樣子，還是會讓人聯想到…
噗
噗
噗
很懷念的感覺令人想起了
魔界
噗
噗噗
因為不清楚地底下有多少泥漿，因此湖畔的沙灘禁止進入
問題是沒有全部設下圍欄，萬一不小心沒看到警告標示，很危險
啊，有沙灘耶，去看看能不能找到綠毬藻
禁止
危險 禁止進入
砂浜に入ると、かんぼつしてやけどします。
ON ENTERING THIS SHORE WILL SINK IN HEATED WATER TO GET SCALDED.
進入沙灘很容易陷入泥淖、燙傷
哇—
啊
滋
噗通
整個人都醒了
用力一抓
雖然很好玩，但是不可以
?

阿寒湖愛奴民族文化村
愛奴民族在北海道內最大的生活聚落，入口拱門上裝飾著愛奴民族視為神鳥的縞鴞。很巨大
好大！
道路兩旁都是商店，也有餐飲業，但幾乎都是藝品店。
也可以體驗愛奴民族的生活
PONCHISE（小房子）
呵呵——
呵呵——
咦？
咚——
零售
撈綠球藻
附贈容器
閃亮——
隆隆叩叩——
可以撈綠球藻耶!?
我要去撈♪
真的嗎!?
一馬當先
鏘——
不愧是產地，到處都有綠球藻

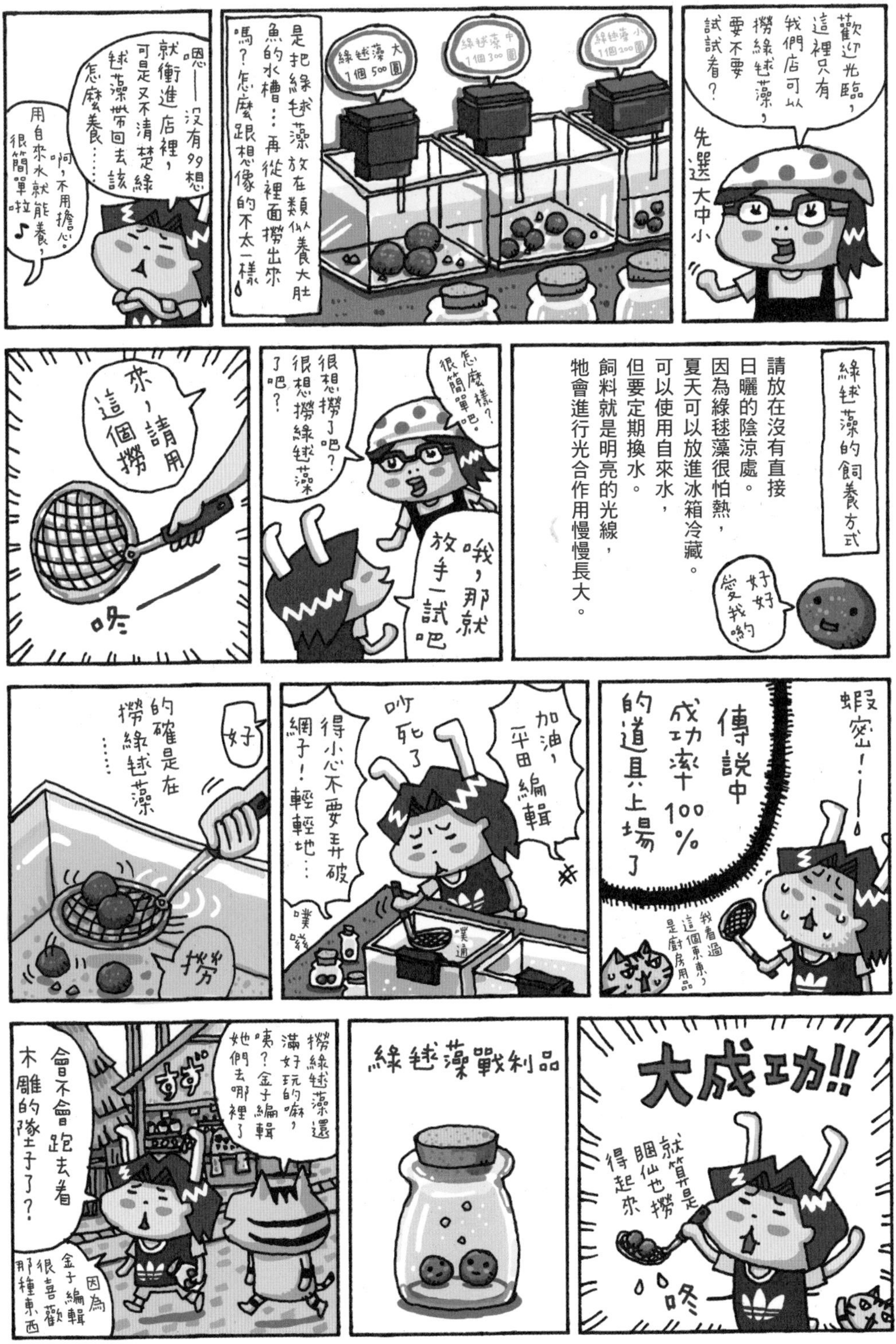
歡迎光臨，這裡只有我們店可以撈綠毬藻，要不要試試看？
先選大中小
綠毬藻 小 1個100圓
綠毬藻 中 1個300圓
綠毬藻 大 1個500圓
是把綠毬藻放在類似養大肚魚的水槽…再從裡面撈出來嗎？怎麼跟想像的不太一樣
嗯——沒有99想就衝進店裡，可是又不清楚綠毬藻帶回去該怎麼養……
呵，不用擔心。用自來水就能養，很簡單啦♪
綠毬藻的飼養方式
請放在沒有直接日曬的陰涼處。因為綠毬藻很怕熱，夏天可以放進冰箱冷藏。可以使用自來水，但要定期換水。飼料就是明亮的光線，牠會進行光合作用慢慢長大。
好好愛我喲
怎麼樣，很簡單吧。
很想撈了吧？很想撈綠毬藻了吧？
哦，那就放手一試吧
來，請用這個撈
咚
蝦密！！
傳說中成功率100%的道具上場了
我看過這個東東，是廚房用品
加油，平田編輯
吵死了
得小心不要弄破網子！輕輕地…
噗通
噗嗞
好
的確是在撈綠毬藻……
撈
大成功!!
就算是胭仙也撈得起來
咚
綠毬藻戰利品
撈綠毬藻還滿好玩的嘛，咦？金子編輯她們去哪裡了
會不會跑去看木雕的墜子了？
因為金子編輯很喜歡那種東西
すず

啊！你們倆跑去哪了？對了，小澎是否也該買些東西呢？
平田編輯手上拿著什麼東西？綠毬藻嗎？
找到了
賓果！
我瞧瞧♪
愛奴民藝品
琵莉卡梅諾的木雕手鏡
琵莉卡梅諾是愛奴語，意思是「美麗的女孩」
林木切片
還是杯墊？
這要拿來幹嘛用？隔熱墊嗎？
愛奴民族與大自然共存，所以有許多樸實的木製手工藝品
木頭餐具上面刻著愛奴獨特的圖騰，很漂亮
熊磁鐵，但不是木雕的
吼！
蝦夷鹿磁鐵
在木雕上著色
皮繩
裝飾品也很豐富
動物木雕的擺飾很多
森林的守護神鴞鴞木雕
也有最常見的黑棕熊
柯羅波庫爾是森林的妖精

那我買一對木雕夫妻筷
應該用不著吧
妳說什麼!
那就買貓頭鷹吊飾
因為貓頭鷹是守護神呀♪
吊飾的背面可以刻字,請問要刻嗎?
這是免費服務
哦!可以幫忙刻字?
不用錢?
那就刻個B字,要大寫。B級的B
好的
喀 喀 喀喀喀 喀 喀
嗯,刻好了
颯
好快呀
咚
哇
好棒,真的是B級的B耶
我也買了♪
亮晶晶
就這樣從釧路溼原開始,
之後到阿寒湖環保博物館中心,
然後繞阿寒湖一圈,
最後在愛奴民族文化村買到土產。
今天也充份享受到北國大地風情。
一行人因為天色已晚,
又下起了小雨(又來了!)
便意氣風發地驅車前往
下榻飯店TOMAMU……
只可惜迷了路,一路上來來
回回,不停地鬼打牆,
甚至小雨都變成豪雨,
負責開車的平田編輯嘴裡
嘟囔著幾乎看不清前面的路,
居然行駛在右線車道上。
感覺到生命有危險的我們趕緊
拜託金子編輯接手,之後還是
不停地鬼打牆,直到深夜12點半
才到達TOMAMU,從下午5點
離開文化村已經過了7個多小時
平田編輯這應該是右線車道吧
正…正前方有車燈直射過來…哇
嘩啦
嘩啦
噗嚕嚕嚕
往右!!方向盤往右!
什麼?
愛奴民俗文化村
TOMAMU

令人震驚的號外!! 綠毬藻是歐巴桑們用手捏而成的!?

各位太太聽我說呀!
名產店不是有賣綠毬藻嗎?
裝在瓶子裡,上面寫著「養殖綠毬藻」,
銷路還不錯。

大家知道是怎麼養殖的嗎?
會不會以為是像鯛魚之類的養殖在水槽裡呢?
或是直接放在湖裡
慢慢等牠結成球吧?
其實都不是!!
是將從湖裡撈出來還沒成團的綠毬藻
放進果汁機打碎,再請打工的歐巴桑們(我猜的啦)
放在手心捏呀捏,
做成圓球狀!!
嚇了一跳吧?我也是大吃一驚哩!!
因為阿寒湖的綠毬藻是天然紀念物,
不可以隨便撈取,
但其他地區的綠毬藻就沒關係。

主要是採自釧路溼原
米拉魯多羅湖的綠毬藻
拿回來揉成團
這樣也能叫做養殖?
唉,做生意嘛!

仔細想想，怎麼可能養殖出那麼多天然的紀念物來賣呢？
要不是打工的歐巴桑（我猜的啦）
辛苦幫忙揉捏綠毬藻，
我們怎麼可能輕易地在名產店裡買得到呢！
所以也不算壞事啦。
接著我又想說
這件事一定要立刻說給Goma's成員聽，
好讓她們大吃一驚才行
這種「大家都不知道的小常識」，
好像讀推理小說一樣
很想馬上告訴別人兇手是誰……
尤其是平田編輯聽到自己在文化村
親手撈的綠毬藻，
其實是歐巴桑（我猜的啦）的手工漢堡……
不對，是手工綠毬藻，肯定會大吃一驚到
睡眼完全張開吧！嘿嘿嘿（笑）
結果告訴她這個衝擊性的消息後
她只是揉揉眼睛說
「人家早就知道了」

蝦……蝦密……？坐在旁邊的SUZU編輯
似乎也早就知道了。我還以為是天大的號外
有的沒的說明一大堆，搞了半天只有我不知道？
失望之餘，最後仍懷抱一絲希望
決定問問金子編輯。
「當……當然知道呀」
……我就不知道

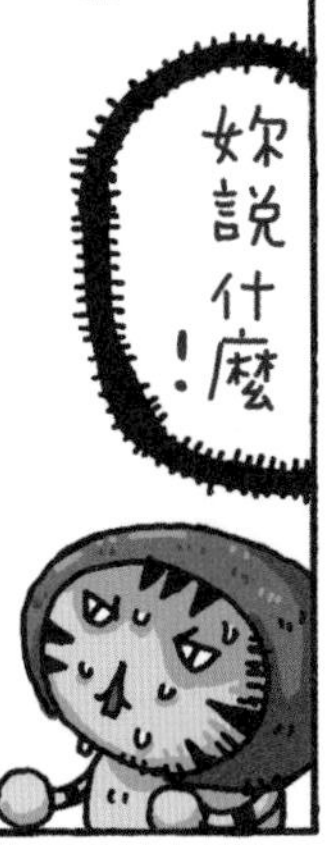

井上先生的旅行相簿

今天不開車，直接去車站。

發車時間已經確認過了。

也沒忘了拍張紀念照。

車票也很特別。

從觀光小火車的車窗外就能看到溼原風光。

小澎若有所思地望著窗外。

雖然是平快車，
沒想到很快就到了

哦！這個可不能錯過，
來風景區的必須行程。

在車站前租腳踏車，
馬上就要來趟溼原之旅。

這裡的人很喜歡猴子吧？應該很有好感。嗄？薩魯跟猴子沒有關係嗎？怎麼會這樣。

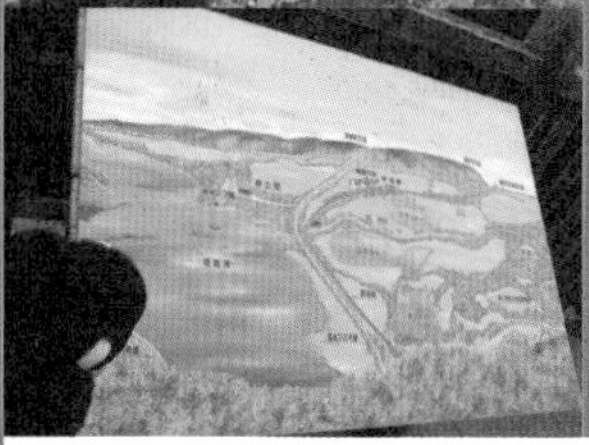
溼原有很多湖泊。

釧路溼原正是「大自然」的感覺。據說有很多野生生物，可惜幾乎沒遇到。QQ的芋頭丸子真是好吃。

看見什麼了呢？

到達觀景台。
哇！好舒服的風景哦。

在塘路湖畔休息一下。
不知道有沒有什麼動物？

移動靠別人，輕鬆得很哩！

騎腳踏車很好玩！嗄？你說我的腳搆不到？騎的時候自然就會伸長。

流經溼原的釧路川。雄偉的河川。真想在上面划獨木舟。

如果把耳朵貼在鐵軌上，可以聽到小火車奔馳的聲音嗎？

當地名產「貝加貝口味芋頭丸子」，難得一見的美食，怎麼可以錯過？

回程搭快速電車，小巧舒適的車廂，也是不錯的選擇

抵達阿寒湖。據說冬天湖面會結一層厚冰。這是告示板上寫的資訊啦！

看到了，綠毬藻！是天然紀念物，沒想到有的長很大。

前面兩位，小心別掉下去了～

果然有在冒泡！

冒出來的是硫磺氣和水蒸氣。BOKKE是愛奴語，意思是「滾燙」。

阿寒湖愛奴民族文化村，到此可學習愛奴民族的歷史和文化。可惜因為時間不夠無法仔細參觀。不過大家倒是沒忘記買紀念品。

今天的移動距離也很長，辛苦了！

這裡有很多當地特產木雕熊。

呼……好冷啊！

Chapter9

往最東端的路④

2008年7月
富良野、美瑛與
大地的恩賜

最後一天
早餐吃的是飯店的自助餐
妳們看，我找到玉米了。在這裡叫唐黍，很有北海道的感覺。
啾
是哦。說到北海道，都已經最後一天了，卻沒吃到像是玉米之類的新鮮蔬菜。
還有哈密瓜
最後一天去逛市場，吃現採的新鮮蔬果吧！♪
啾
滋—!!
去逛市場怎麼樣？妳從剛才就在烤什麼東西!?鮭魚嗎？不是自助餐嗎？為什麼還自己烤？搞得都是煙霧
流口水
滋
滋
冒白煙
滋
滋滋
滋
冒白煙
最後一天，Let's go!
呼呼呼
富良野兜風行
噗嚕嚕噗嚕嚕
在休息站南邊一帶
發現了直營所過去看看吧！
高級哈密瓜就裝在水桶裡，一桶又一桶
一桶又一桶
美麗的風景—♪
不錯吧！井上先生，我來幫你拍些照片回去吧♪
偶爾也讓我拍一下吧
那就麻煩你了
要拍漂亮點喲
好

該不會……我平常也是那個樣子吧
沒錯呀
撲過去拍
啪嚓
點頭如搗蒜
……
啪嚓
啪嚓
啪嚓
側著拍
噠噠
噠噠
首先買了2根水煮唐黍
好燙
喝
哺咔
還有很多要吃的東西，所以一人只分半根
請
謝謝
這一半給你
可惡的傢伙
丟過去
出現落差
……
啊
哺咔
嗯——
堅持平分主義者
這是生的喲
我家的唐黍很新鮮，連生的都好吃。要試看看嗎？
好甜啊，新鮮現摘剛煮好的道地唐黍，好吃到最高點！
最好吃
一口接一口地咬
大口大口咬

生的嗎？感覺好像很硬，真的能吃嗎？
我要吃了
大口一咬
滋……!!
晴天霹靂
哇咧！這是什麼東西？
真是太驚人了！水分超多！好多汁！表皮柔軟，吃起來像水果一樣，完全是新口感。
鮮嫩多汁
好髒哦
哈密瓜也很甜很好吃
真努力，一直都在試吃……
嗯，香氣濃郁，滋味甘醇。
小番茄也是早晨剛摘的，很新鮮。
別一直不停拿出來……
那我要買小番茄，給我一盒。
因為都是吃免費的。心裡有些過意不去才開口說要買
那麼一大袋只要500圓，好便宜
也有賣這個
藍莓
haskap
!?
藍莓我知道，haskap是什麼東東呢？
好像賣得很好，沒剩幾盒
haskap
學名叫做藍靛果，haskap是愛奴語。含有維他命C、鈣質、鐵質等成分，尤其富含對眼睛很好的花青素。可以搭配優格吃或作成果醬保存。外觀看起來就像是**特大號的藍莓**
因為haskap沒剩多少，
就買現摘的藍莓，一次買3盒
哇，買這麼多
咚
因為藍莓有益眼睛呀。平常很花眼力的人當然要多吃才行
咚——
哼！
因為有花青素嘛
居然被最不用眼力的人嗆聲了
啊，眼睛好疲勞呀
眼睛很少睜開到會累的程度吧

另外也有這個
醋栗
¥500
這是什麼？
醋栗在北海道是很常見的水果。長得有點像小西瓜，也很像白葡萄
哦
一口吃下去
問題是吃下去後
看看是什麼味道
超級酸呀
噁！
最後壓軸的是現擠的鮮奶。又濃又香又甜，可以咕嚕咕嚕一口氣喝光……據說啦
咔！
真是受不了啦
謝謝。我不要，因為我不敢喝鮮奶。因為牛奶是給牛喝的，人類不應該喝那種東西
總之就是不敢喝
你這種人，當然就要喝100%的樹液，森林的水滴囉
咚—
白樺樹汁液100%
森林水滴
或許有人會說這根本是給蟲喝的吧
汩汩流出
這種樹液飲料是在初春的一個月期間，從白樺樹中取得的超級天然飲料。含有葡萄糖、胺基酸、鈣、鎂等各種成分，是一種很好的飲品
咕嚕
香香的…不對，應該說是含有樹香、甜味很淡的糖水？
嗯…嗯…該怎麼說呢
換下一個吧
嗡……
富良野就是這種不僅東西好吃，而且也以風景漂亮而聞名的地方。
此外滑雪場則是因為電視劇「來自北國」而出名。
不過我沒看過，所以還是去看薰衣草吧
嚕嚕嚕
嚕嚕嚕
嚕嚕嚕

哇!
富良野的大地五彩繽紛。有山的綠色、小麥的棕色、罌粟花的紅色。其中薰衣草的紫色最醒目。
這裡
看到了!薰衣草
噗嚕嚕嚕嚕
薰衣草薰衣草
薰衣草在哪裡呢♪
不只是色彩,香味也棒得沒話說
用力吸
薰衣草花圃
房子裡面就是哈密瓜直營所,充滿了瓜香味
用力吸吸吸
吸吸吸
好像是哈密瓜專賣店
メロン
專門店
富良野
去看看吧!
噢!
欣賞薰衣草的時候,突然抬頭一看,半空中飄浮著一顆哈密瓜
哈密瓜耶
哈密瓜
坐在剖開的樹幹做成的桌椅享用切片哈密瓜。這裡擠滿了來自全國各地的觀光客
好的,請用
哈密瓜
而且裡面的客人很多。受到現場切片賣的哈密瓜香味吸引,不禁想買來一試
請給我們四片

早餐雖然也吃了哈密瓜
鮮美多汁
超級鮮美多汁!!
長出蒂頭
口味道地的哈密瓜，再多都吃得下
大快朵頤
唉呀，哈密瓜真是好吃。大老遠跑來吃，真是不虛此行，妳說是不是？
這就是所謂的豐潤多汁吧
難得旅行得這麼愉快，我實在不應該這麼說……可是哈密瓜……
無言以對
有種洗臉台的味道，妳不覺得嗎？
我一直都這麼覺得，我們家的洗臉台就是這個味道吧？
所以我不太愛吃
!?
怎麼樣？
怎麼會，才沒有洗臉台的味道啦
才沒有啦!!
重點是誰知道洗臉台的味道
一人一種味覺
這裡也有現場烘焙的哈密瓜麵包（註：波蘿麵包）
OPEN
メロンパン
我要哈密瓜麵包
哈密瓜麵包有2種，有奶油餡跟沒有的
熱呼呼
熱騰騰
汩汩流出
果然不可能把整顆哈密瓜塞進麵包裡
我買了哈密瓜麵包
謝謝
比較2種口味
咬一口
不愧是現烤的，兩種都好吃。不過說起來，我還是喜歡有奶油餡的
表面酥酥脆脆的很好吃

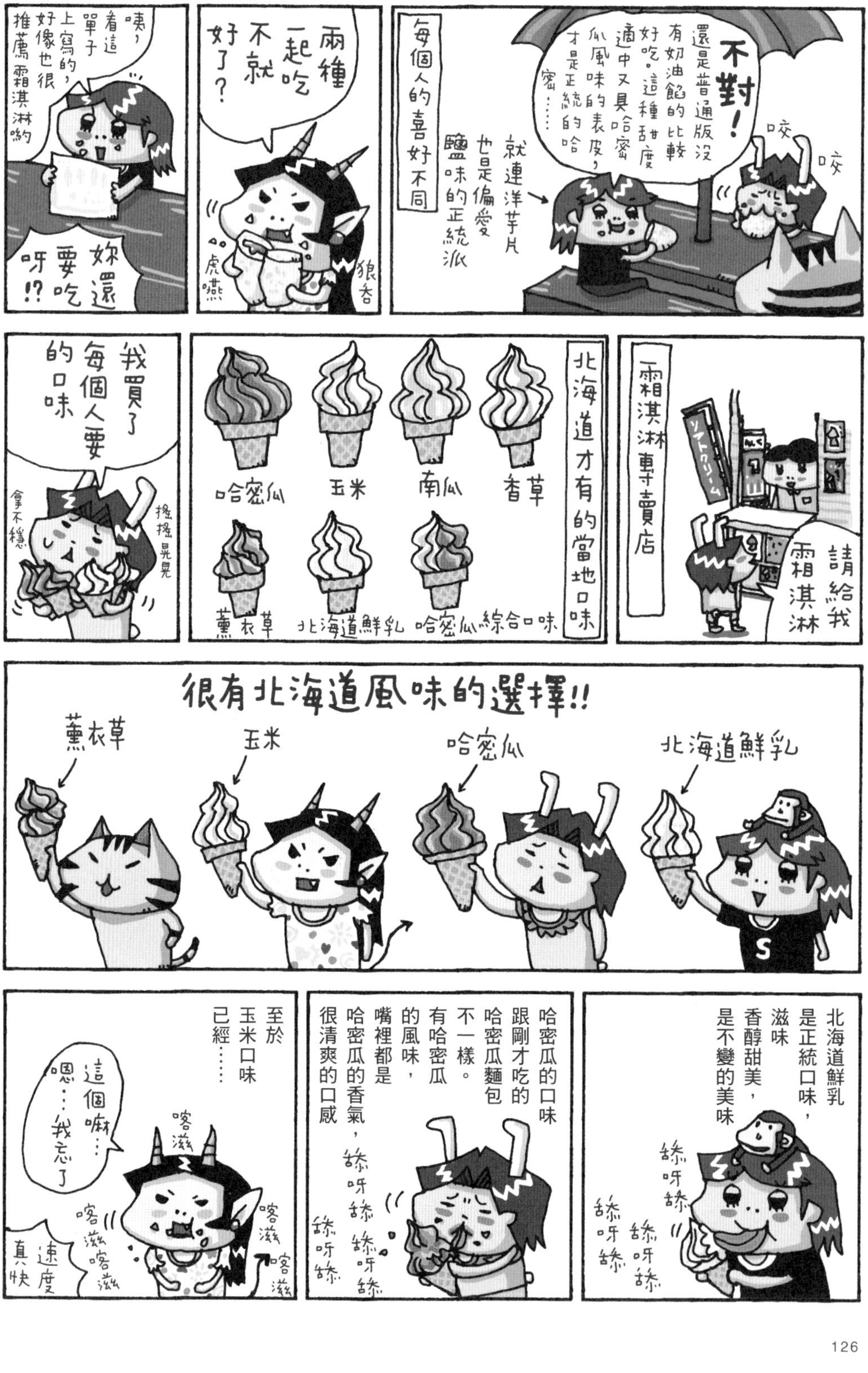
每個人的喜好不同
不對！還是普通版沒有奶油餡的比較好吃。這種甜度適中又具哈密瓜風味的表皮，才是正統的哈密……
就連洋芋片也是偏愛鹽味的正統派
咬咬
兩種一起吃不就好了？
虎嚥
狼吞
咦，看這單子上寫的，好像也很推薦霜淇淋喲
妳還要吃呀!?
霜淇淋專賣店
請給我霜淇淋
北海道才有的當地口味
哈密瓜
玉米
南瓜
香草
薰衣草
北海道鮮乳
哈密瓜綜合口味
我買了每個人要的口味
拿不穩
搖搖晃晃
很有北海道風味的選擇!!
薰衣草
玉米
哈密瓜
北海道鮮乳
北海道鮮乳是正統口味，滋味香醇甜美，是不變的美味
舔呀舔
舔呀舔
舔呀舔
哈密瓜的口味跟剛才吃的哈密瓜麵包不一樣。有哈密瓜的風味，嘴裡都是哈密瓜的香氣，很清爽的口感
舔呀舔
舔呀舔
舔呀舔
至於玉米口味已經……
這個嘛……嗯……我忘了
喀滋
喀滋
喀滋
喀滋喀滋
速度真快

最後是薰衣草口味……
薰衣草的味道有點難以想像，味道怎樣？好吃嗎？
我個人有點擔心，所以不敢隨便嚐試……
舔呀舔…
舔呀舔
咚——
是令人落淚的味道
怎麼說呢？
我來說明!!
說到薰衣草霜淇淋跟澎湃野吉的關係，要回到很久以前，當時我還是20郎當歲，大學讀到第8年，感覺應不太可能畢業，只能靠打工維生的荒唐時代。
讓我想起了從前
當時住在山梨縣的澎湃野吉，曾在富士山下河口湖的薰衣草花圃打工擔任停車管理員。
河口湖是觀光勝地，一到暑假等假期，薰衣草花圃停車場有許多攜家帶眷的遊客趕來，很快就會客滿。
有空位嗎？
右邊有空位
已經客滿，停不進去了
於是，好好一個假期，只見那些想要好好帶家人出來玩的爸爸們
我女兒可是很想看 可惡
像是搞笑藝人加藤茶※一樣嘴裡嘟囔著「只停一下就好、只停一下就好」地到處亂停車，搞得附近大塞車。
吵死了，笨蛋
唉呀
碎
上前告知他們違法停車時，馬上就會變成那一家人的敵人，甚至還會遭到空瓶罐的襲擊，讓我滿懷心理創傷。不過只是一份工作嘛
愛家的爸爸真恐怖
結束從早到傍晚的8小時奮戰，直到停車場變得空盪盪後，固定會到會場賣霜淇淋的歐巴桑那裡去報告一聲才回去。
工作結束了
跑～
每天日暮黃昏時拖著疲憊的身體跟歐巴桑報告時，她都會請我吃霜淇淋。
河口湖ハーブ
辛苦了，吃這個吧
啊，可以嗎!! 謝謝
有什麼好隱瞞的，當然是薰衣草霜淇淋!!
(好冗長的說明)
舔著甘苦的滋味
也就是說，那是讓人回想起青春歲月的苦澀，充滿鄉愁的滋味呀
讚
那只是對你而言吧
完全感同不到具體的滋味
最後要去造訪丘陵風光美不勝收的美瑛
前往下個地方吧♪
鞦韆椅

※註：日本著名諧星

美瑛
廣大的田地和美麗的
丘陵風光，
經常出現在廣告
和電視劇中。
一望無盡的田地，
天空竟是如此寬廣。
沙沙作響
的小麥
結實纍纍，
讓人感受到
大自然
旺盛的生命力
說到美瑛的丘陵風光，
知名的有昭和47年※
出現在日產
skyline汽車廣告上
那棵白楊樹，人稱
「肯恩和瑪莉之樹」
就是它
還有昭和51年※
出現在七星淡菸
包裝紙上的「七星之樹」
並非產菸草的樹
槲樹
同樣也是出現在
七星淡菸電視廣告
上的景色，
人稱「七星淡菸
之丘」。
這些都成了
美瑛觀光必遊景點
不知是不是沒帶
地圖上路的錯，
丘陵地區寬廣，
根本搞不清楚
是哪個丘陵哪棵樹，
東找西找之際，
已經到了
趕飛機的時間
是那個丘陵嗎？
是那棵樹嗎？

※註：一九七二年

※註：一九七六年

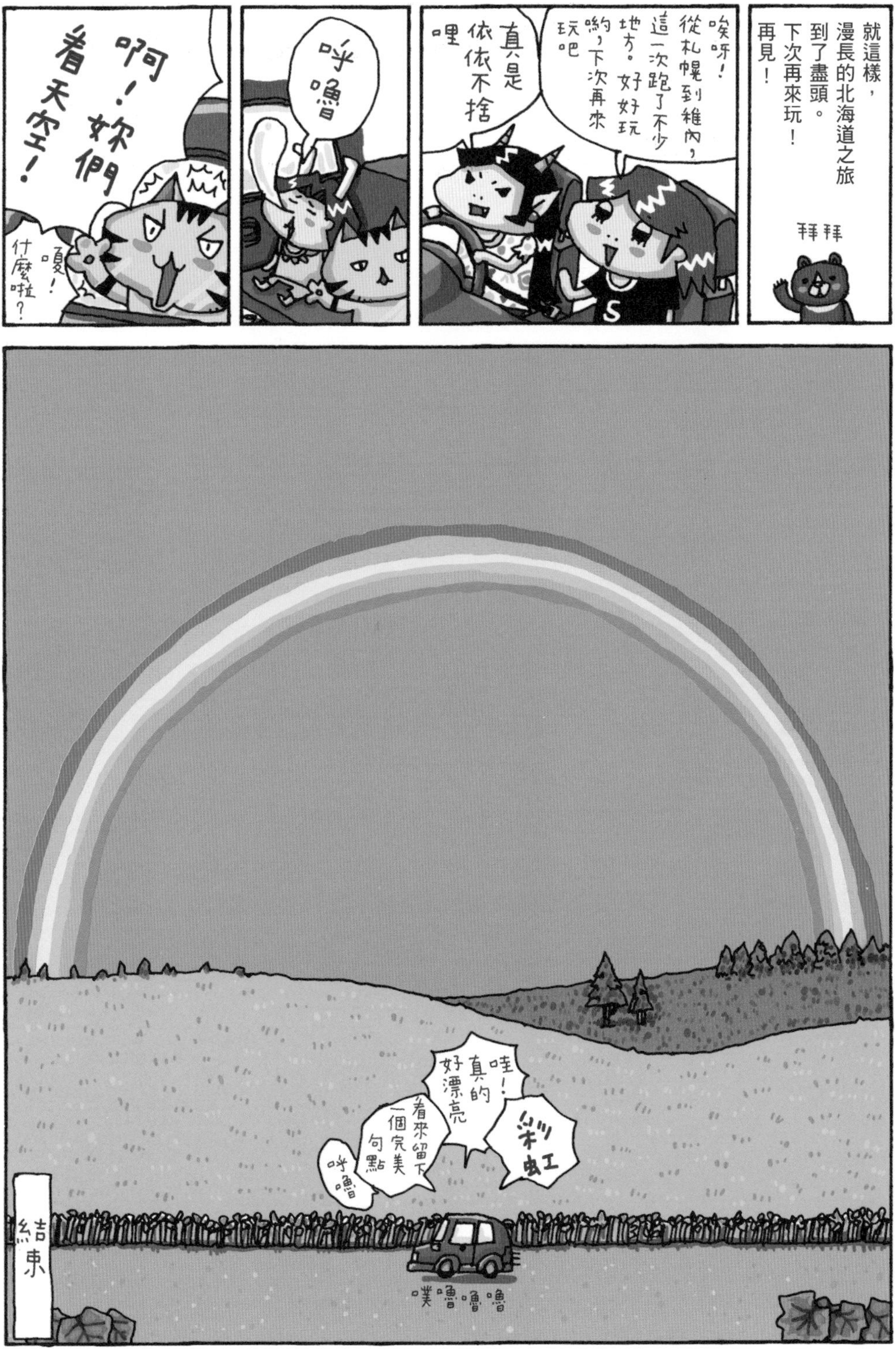
就這樣，漫長的北海道之旅到了盡頭。下次再來玩！再見！
拜拜
唉呀！從札幌到稚內，這一次跑了不少地方。好好玩喲，下次再來玩吧
真是依依不捨哩
呼嚕
啊！妳們看天空！
嗄！什麼啦？
哇！真的好漂亮
彩虹
看來留下一個完美句點
呼嚕
噗嚕嚕嚕
結束

澎湃野吉回想 有關北海道之旅的回憶!!

★ 吃過覺得不錯、好吃的東西!!

- 全部的螃蟹　螃蟹最棒了
- 拉麵橫丁的鹽味拉麵和紫羅蘭的味噌拉麵
  絕對不是說螃蟹拉麵不好吃啦……大概吧
- 在富良野吃到的玉米和哈密瓜
  實在是太鮮嫩多汁了!

★ 難得機會，早知道就該吃卻沒吃到而後悔的東西!!

- Escalope 香煎豬排　甚至不知道有這種東西的存在，回去後才聽說。對喜歡B級美食的小澎來說是很遺憾的事
- 成吉思汗烤肉　雖然是必吃美食，但因為看過活的綿羊了，不吃也無所謂吧
- 鹿肉漢堡　在休息站附近發現的，可惜禁不住鮭魚卵蓋飯的誘惑。
- 炸彈卷　情侶卷也可以　就題材而言，我比較想點這個說。

★ 早知道就不要吃卻吃了而後悔的食物!!

- 成吉思汗烤肉牛奶糖　這真的太勁爆了，不是普通勁爆
- 樹液　絕對不是說不好喝，雖然不能說難喝，
  但木頭地板……

★ 跟想像中不同的東西!!

- 鐘樓被高樓大廈給包圍住，有種侷促的感覺
- 澎湃野吉雪像的鬢角實在豪邁的很超乎想像
- 原來綿羊是很兇暴的動物

★就算在北海道，這些地方也特別冷!!

- 稚內
- 夜晚的札幌雪祭會場
- 窗戶開著的札幌飯店房間
- 札幌的計程車司機說「稚內(wakkanai)就是不知道(wakkan-nai)」的冷笑話時，車廂內的氣氛。

★感動的地方!!

- 魄力萬千的知床觀光船之旅!!
- 看到活生生的黑棕熊和蝦夷鹿!!
- 美瑛的丘陵美景!!
- 平田編輯因為因為睡過頭沒趕上飛機!!
- 有關買薯條三兄弟的感人故事

★成功完成的壯舉♪

- 到達日本最北端!!
- 到達日本最東端!!
- 平田編輯撈到綠毬藻!!

★失敗之舉

- 吃了成吉思汗烤肉牛奶糖
- 在稚內遺失錄影機
- 平田編輯因為睡過頭沒趕上飛機
- 平田編輯騎腳踏車摔倒了
- 平田編輯在深夜把車開到對向的右線道上

★最後是給今後要去北海道讀者們的一句話!!

- 有機會去綿羊丘展望台時，幫忙調查一下克拉克博士銅像的手指向何方？知道了請告訴我。

在休息站休息。這裡的哈密瓜居然是放在水桶裡賣。雖然是高級水果耶，賣的方式還真是海派！

很難不吃過量的是自助早餐。

看起來像是一顆顆摘好的白葡萄，其實是醋栗。

有很多新鮮的蔬菜，很便宜！

水果看起來也很好吃。

拿這麼多？全都包了嗎？

哈密瓜的種類不少。買一盒寄回老家吧。

歡迎光臨，便宜賣喲！

本來預定最後一天悠閒地欣賞富良野和美瑛的景色後再趕往機場。偏偏在休息站看到新鮮蔬果，才出發沒多久，就休息了好幾個小時。

沒想到也很能喝鮮奶！

好甜耶！好好吃！玉米！

INOUESAN's photo album

薰衣草口味和
哈密瓜口味，
嗯……挑哪一
種好呢？

說到富良野
就會想起薰
衣草。

到處都看得到花。

還有哈密瓜。

天氣雖然不怎麼樣，不過雨過天晴還看到美麗的彩虹，算是賺到了吧♪

一望無際的花圃。

一望無際的原野。

北海道好大呀。

這就是薰衣草花圃。

這是……某種花圃。

不管向前看！

向後看！

還是向右看！

向左看！

看到的都是草原。

這裡被稱為「七星淡菸之丘」。
據說美瑛有許多風景秀麗的地方被用來拍廣告。

躺在草地上轉個身，眼前是寬闊的天空！
啊，真不想回東京喲。
夏天的北海道真是舒爽宜人！

Chapter 10

結束取材…

2009年4月
於工作室

啊…啊…啊…啊…
大家好，我是作者澎湃野吉。
這一次也很慘，稿子難產出不來。因此第3集的旅遊趣，又讓小姐們傷透了腦筋。
至於哪裡慘呢？還不就是資料嗎。
原訂畫遊記要用的資料出了Unbelievable、Oh My God的狀況，
嗯…
該怎麼說呢…嗯…
平常習慣用數位相機和錄影機收集旅行資料，保存影片和照片，視用途區分使用。
哈哈哈，好冷喲，哇
整體流程、事件參考錄影帶。需要畫建築物、食物等細節時就看照片。
然而，各位也知道，這一次前半段（1～4章）所用的錄影機和數位相機在稚內（推測）搞丟了
我的錄影機Come back，至少拍好的帶子Come back，救救我呀－！
害得前半段有一部分只能靠照片來畫。雖然照片可以表現出細節，
但當時的氣氛和旅行的流程就無法掌握了。
這張照片裡的大叔當時說了什麼冷笑話呢…嗯…
實在很傷腦筋
關於這一點，後半段（6～9章）因為錄影機和數位相機沒弄丟，所以影片和照片都很完整，這就輕鬆了♪
第二代
也拍了錄影帶
拍了照片
但沒想到將檔案從數位相機傳送到電腦時，突然當機，而且也沒備份，結果拍好的幾百張照片，一張也沒能用在畫漫畫上。所有的照片檔案都掛了。
咦？怎麼了…不會吧…
沒有動靜
奇怪
因此後半段變成有影片資料，沒有照片。只能在這種情況下來畫。
只靠影片，當然就畫不出細節了……
難道說…
該不會是被詛咒了吧？不會有事吧？
難道被北國大地之神給嫌棄了嗎？都怪我平常老是說「牛奶是牛喝的東西」這些名產的壞話，所以惹惱了神明吧……
不管怎麼說，綜算還是完成了♪
振筆疾書…
就算是那樣……
突然冒出來
啊！
可惡的傢伙
也不能成為這次延遲上市的藉口！
啊
真的很對不起

加值篇 Goma's成員分享北海道之旅的最深刻印象!!

首先呢
平田女神降臨。這事根本不可能，但卻很普通。
基本上是工作要忙呢!不過她那種「又睡過頭了」
的表現也真是令人歎為觀止，簡直就是神啊。
說到食物，夏季蔬菜果真好吃。
在休息站吃的玉蜀黍，更是好吃到極點。
令人感受到農作物充滿了「土地的力量」，「滋味」十足。
生猛的螃蟹很好玩，也很噁心。
還有北海道的冬天，還真是好冷!
印象中大家幾乎都是在地面下走動。
真的好冷呀。可是相反地，
建築物裡卻又十分溫暖
小澎的飯店房間如何就不得而知了。
即便是夏天也必須帶長袖
像知床就涼到了極點

我對北海道最有印象的是……
當然是本來應該跟平田編輯一起搭的班機，
被放鴿子落單。好像當場被侮辱了。
最衝擊的是市場的螃蟹，直到現在都心有餘悸。

印象深刻的是從最東端前往TOMAMU的路上，
順路在帶廣的餐廳裡的料理。移動時間
比預料的要長。搞得大家又餓、心情
又煩躁，餐廳的料理如何不重要，
我永遠難忘當時大家鬆了一口氣的樣子
還有就是用完餐後再度前往TOMAMU
的途中遇到暴風雨，視野變得很差，
以至於開到對向車道，差點害大家沒命。還被
小澎酸了一句:「到底是花了多少年才考上駕照呢」

(總結)因為睡過頭而沒搭到飛機、在日本卻可以
大刺刺地開車走在**右線道**上的平田編輯真是太厲害了。

NE RU

Chapter 11

於是
上市３年後…

2012年4月
在東京某處

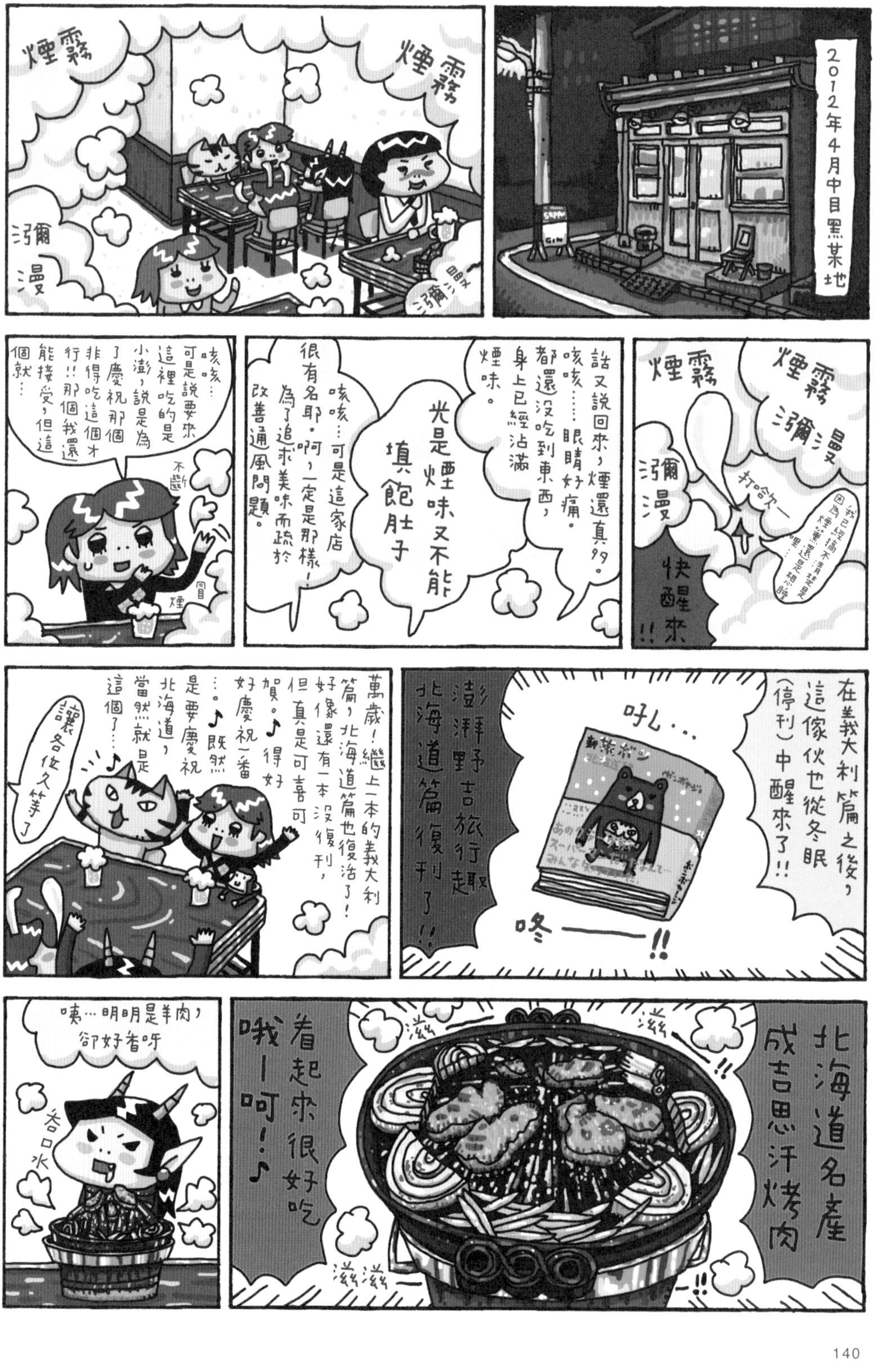
2012年4月中目黑某地
煙霧
煙霧
瀰漫
瀰漫
瀰漫
煙霧
煙霧瀰漫
瀰漫
打哈欠—
我已經搞不清楚是因為煙薰還是想睡……
快醒來!!
話又說回來，煙還真多。咳咳……眼睛好痛。都還沒吃到東西，身上已經沾滿煙味。
光是煙味又不能填飽肚子
咳咳…可是這家店很有名耶。啊，一定是那樣！為了追求美味而疏於改善通風問題。
咳咳…可是說要來這裡吃的是小澎，說是為了慶祝那個非得吃這個才行!!那個我還能接受，但這個就…
不斷冒煙
在義大利篇之後，這傢伙也從冬眠(停刊)中醒來了!!
吼…
咚——!!
澎湃野吉旅行趣 北海道篇復刊了!!
萬歲！繼上一本的義大利篇，北海道篇也復活了！好像還有一本沒復刊，但真是可喜可賀。♪得好好慶祝一番…♪既然是要慶祝北海道，當然就是這個了……♪
讓各位久等了
北海道名產成吉思汗烤肉
滋—
滋—!!
滋滋—
—!!
看起來很好吃哦—呵!♪
咦…明明是羊肉，卻好香呀
吞口水

真的耶。因為羊肉特殊的騷味，有很多人不敢吃成吉思汗烤肉。可是這家店的味道卻很香，不愧是過度講究滋味而疏於通風的名店。♪
咳咳
不過回頭來想一想，旅行中好像沒有吃到成吉思汗烤肉。既然名為北海道篇，似乎有點說不過去。但感覺上好像有吃到，一定是因為…
那個的關係啦！
唉呀…有夠難吃的。難吃死了!!
咚
我可沒吃
呵呵呵…比起那個，真的烤肉看起來要好吃多了♪
大師！成吉思汗大師！
成吉思汗當然是肉類，但這鍋的形狀十分特別，請問其原因何在？
誰是成吉思汗大師？
我來說明
成吉思汗使用的鍋子中間隆起，表面設有從中間往下流的溝槽。那是因為戰時若在用餐期間遭到敵方襲擊時，可直接套在頭上當作防禦用。當然表面溝槽的漂亮設計，並不是用來擄獲蒙古美女的心。中央凸起之處用來放肉片，周遭較低的位置用來燒烤蔬菜。上方肉片燒烤出來的肉汁會順著溝槽流下，為下面的蔬菜增添香味。因此可說是設想周到、類似多功能鍋的合理性設計！
呼好熱
滋—滋—
羊肉
肉汁
蔬菜
流呀流個不停
討厭！肉汁滴下來了！好噁心啦，討厭！
呼嚕~
呼嚕…追加頁面的篇幅有限…呼嚕…成吉思汗繼續說明下去的話…我要睡著了…拜託，不對，是要燻昏了…不要再說了，請讓故事繼續進行，呼嚕~
居然還能邊說夢話邊嗆聲，不過說的也有道理，那麼就趕快…
開動了！♪
滋~滋~!!

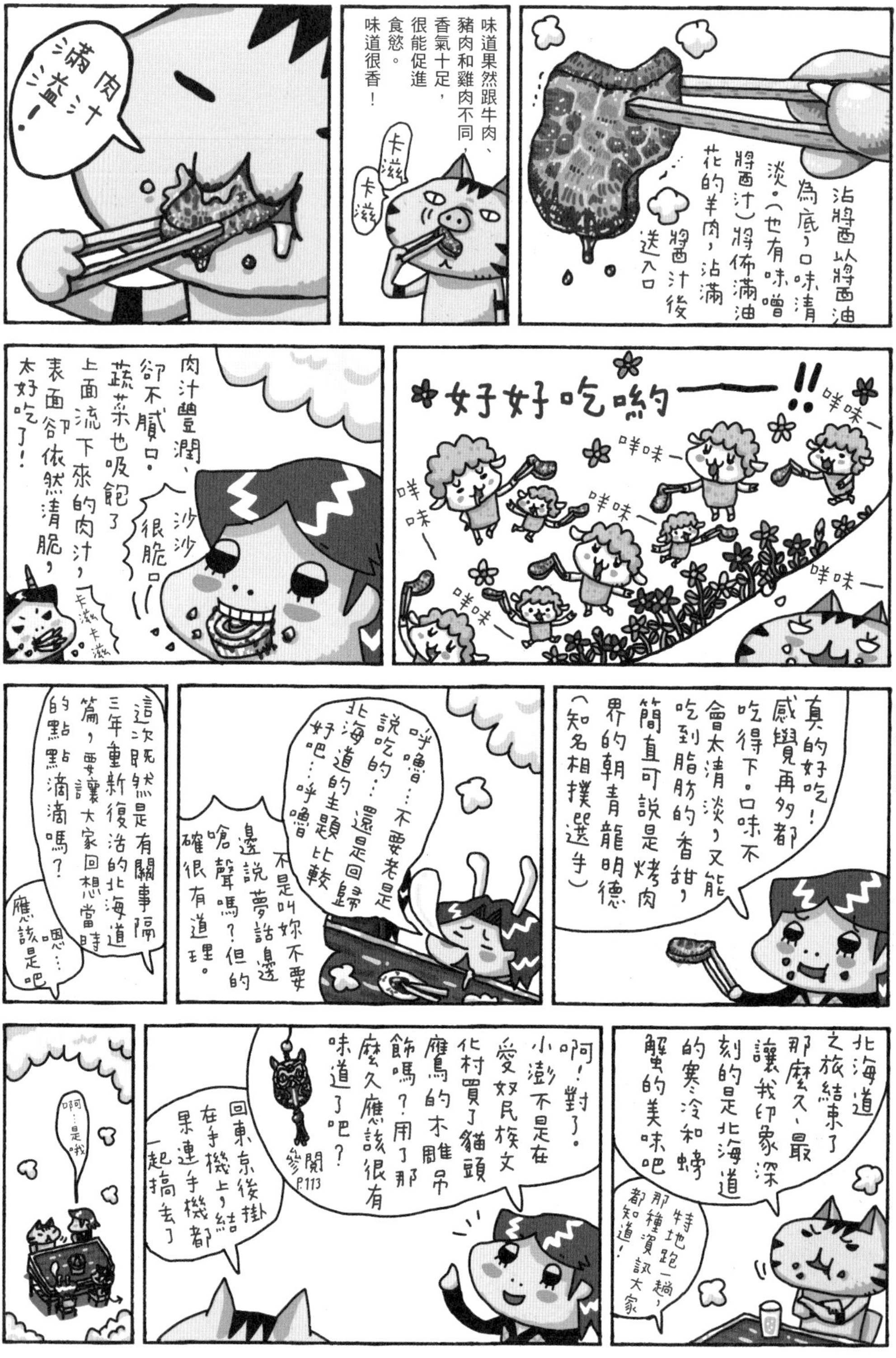

沾醬油為底，口味清淡。(也有味噌醬汁)將佈滿油花的羊肉，沾滿醬汁後送入口
味道果然跟牛肉、豬肉和雞肉不同，香氣十足，很能促進食慾。味道很香！
卡滋
卡滋
肉汁滿溢！
好好吃喲——!!
咩咩—
咩咩—
咩咩—
咩咩—
咩咩—
咩咩—
咩咩—
肉汁豐潤、卻不膩口。蔬菜也吸飽了上面流下來的肉汁，表面卻依然清脆，太好吃了！
沙沙
很脆口
卡滋卡滋
真的好吃！感覺再多都吃得下。口味不會太清淡，又能吃到脂肪的香甜，簡直可說是烤肉界的朝青龍明德（知名相撲選手）
呼嚕…不要老是說吃的…還是回歸北海道的主題比較好吧…呼嚕
不是叫妳不要邊說夢話邊嗆聲嗎？但的確很有道理。
這次既然是有關事隔三年重新復活的北海道篇，要讓大家回想當時的點點滴滴嗎？
嗯…應該是吧
北海道之旅結束了那麼久，最讓我印象深刻的是北海道的寒冷和螃蟹的美味吧
特地跑一趟，那種資訊大家都知道！
啊！對了。小澎不是在愛奴民族文化村買了貓頭鷹的木雕吊飾嗎？用了那麼久應該很有味道了吧？
參閱P.113
回東京後掛在手機上，結果連手機都一起搞丟了
啊…是哦

*朝青龍出生蒙古。

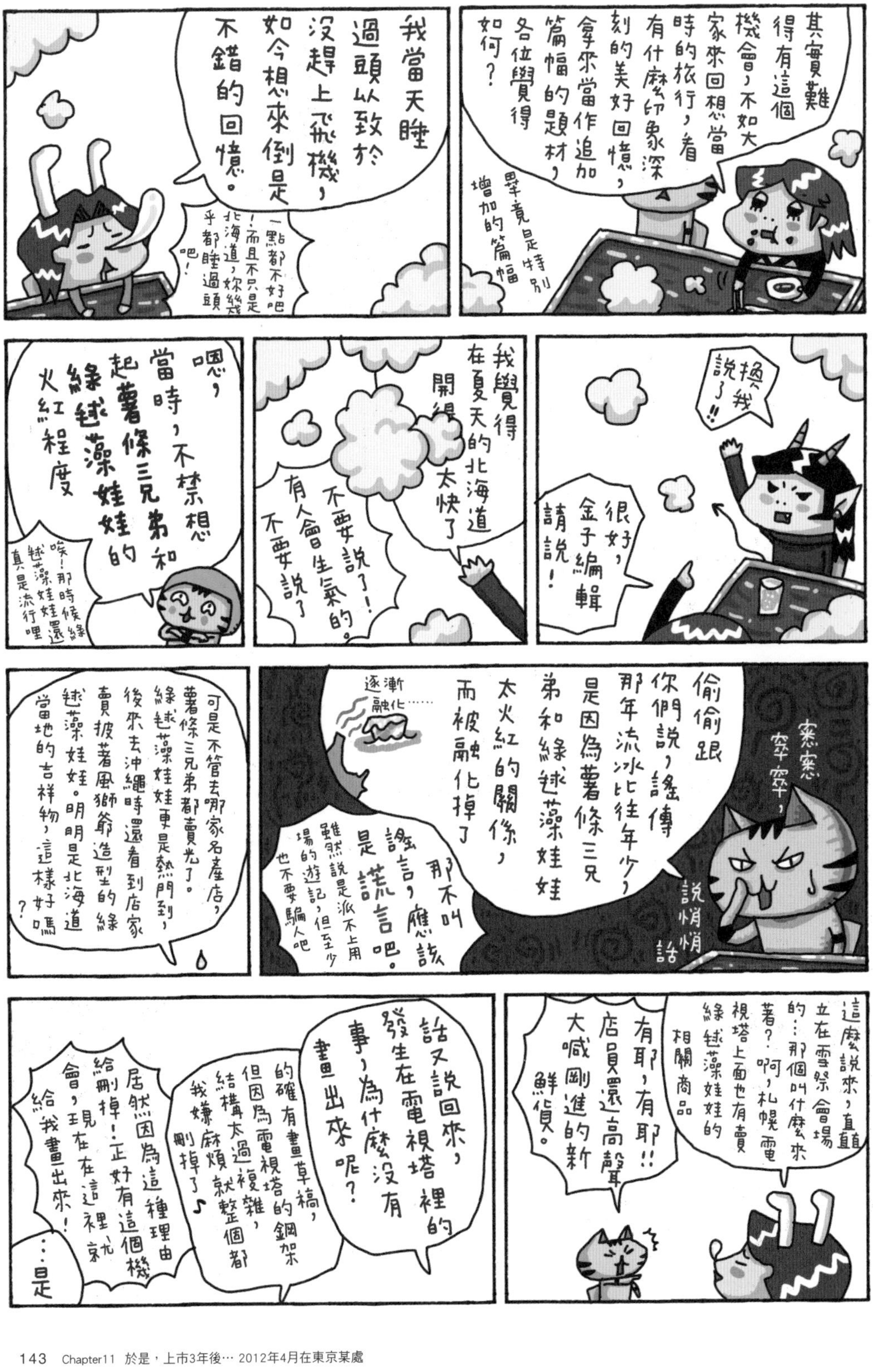
其實難得有這個機會，不如大家來回想當時的旅行，看有什麼印象深刻的美好回憶，拿來當作追加篇幅的題材，各位覺得如何？
畢竟是特別增加的篇幅
我當天睡過頭以致於沒趕上飛機，如今想來倒是不錯的回憶。
一點都不好吧！而且不只是北海道，妳幾乎都睡過頭吧！
換我說了!!
很好，金子編輯請說！
我覺得在夏天的北海道開得太快了
不要說了！有人會生氣的。不要說了
嗯，當時，不禁想起薯條三兄弟和綠毬藻娃娃的火紅程度
唉！那時候綠毬藻娃娃還真是流行哩
竊竊窣窣，
說悄悄話
偷偷跟你們說，謠傳那年流冰比往年少，是因為薯條三兄弟和綠毬藻娃娃太火紅的關係，而被融化掉了
逐漸融化……
那不叫謠言，應該是謊言吧。
雖然說是派不上用場的遊記，但至少也不要騙人吧
可是不管去哪家名產店，薯條三兄弟都賣光了。綠毬藻娃娃更是熱門到，後來去沖繩時還看到店家賣披著風獅爺造型的綠毬藻娃娃。明明是北海道當地的吉祥物，這樣好嗎？
這麼說來，直立在雪祭會場的…那個叫什麼來著？啊，札幌電視塔上面也有賣綠毬藻娃娃的相關商品
有耶，有耶!! 店員還高聲大喊剛進的新鮮貨。
話又說回來，發生在電視塔裡的事，為什麼沒有畫出來呢？
的確有畫草稿，但因為電視塔的鋼架結構太過複雜，我嫌麻煩就整個都刪掉了♪
居然因為這種理由給刪掉！正好有這個機會，現在在這裡就給我畫出來！
…是

札幌電視塔
位於札幌雪祭會場所在地的大通公園裡的電視塔。從展望台可俯瞰整個札幌的街景，因此有許多觀光客前往。曾經被怪獸哥斯拉給摧毀過
在這麼有名的觀光景點札幌電視塔下面有個身穿綠衣服的店員
嗚！
まりもっこり
？
まりもっこ
只有本店才有！
剛進貨的毬藻娃娃一上架就立刻賣光的暢銷商品，像毬藻娃娃吊飾等也買得到喲。毬藻娃娃相關商品到貨了～!!
咚！
請把握機會，購買毬藻娃娃！快來買毬藻娃娃！
一個女孩子家，不好大聲嚷著毬藻＊、毬藻吧。
咚——！
儘管有雪祭，電視塔裡卻擠滿了人，畢竟外面太冷了
入口
滿人為患
搭乘電梯到展望台
叮！
抵達
到處都是鋼架
通常高處的基本配備是望遠鏡，這裡的卻是有螢幕的電視望遠鏡，有夠高科技！眼睛貼著鏡頭看的感覺固然不錯，但是這種大家可共享的畫面也很有趣
「哇——!!」
雪祭會場
哇！好棒的視野♪
整個雪祭都看得到

＊毬藻（mokkori），和「勃起」之意的發音相同

小澎也一起看吧。
很好玩的。
你看⋯
一動也不動
抓緊 ①
快跑 ②
停 ③
左顧
右盼
難道有懼高症嗎⋯
這麼說來
電視塔裡的店裡有奇怪的東西⋯⋯
50周年
テレビ父さんの
2007年
咦？
是印度鬼椒嗎？
才不是呢，他可是⋯⋯
札幌電視塔的非官方吉祥物
電視爸爸
好冷呀因為爸爸的發音跟塔很像
真草率
東京鐵塔的吉祥物NOPPON還可以接受，晴空塔的天空妹就有點牽強了，真叫人擔心今後的塔吉祥物業界會不會太草草了事了？
毬藻娃娃算是及格邊緣，但是這個電視爸爸就不是普通草率了。只能說北海道的人心胸寬大，有夠大器，就跟北國大地一樣寬廣——♪

當時真的很慘，實在太高了
嗡嗡～
這麼說來，那個呢？P.58的克拉克肯特手指的方向，有什麼新進展呢？結果呢？
計程車司機說的一看就知道的那個吧……啊，不是肯特啦
那是得利卡特嗎
把克拉克去掉了啦，是克拉克博士，妳要問的是他右手指向何方吧？
去看就知道了啊 立刻就知 ㄎㄎㄎ…
結果是那裡嗎？果然是指向神克利普頓星？
都跟你說不是超人克拉克肯特了!!
對了，我其實也很在意克拉克博士那件事，因此私下做了調查，昨天還上雅虎知識＋提出疑問
根本是100%偷懶嘛！完全靠別人!? 直拖到昨天才上網
※雅虎知識+是從日常生活小疑問到左右人生的入學考試題都有人幫忙解答的網路服務
結果居然沒有人回答
明明作弊的時候，回答超快……
NO ANSwer
是哦，可是我上綿羊丘展望台的網頁瀏覽時，上面就有答案呀
出來了
咔嚓咔嚓
意思是說不要偷懶，要自己去調查吧
克拉克
舉起右手的獨特姿勢，指向「遠方的真理」，期許能志在遠方。
結論
少年呀，要大大地心懷大志
Boys be Ambitious!!
用力一指!!
克拉克博士像的右手乃是指向遠方的永遠真理!!
所以說就是這麼一回事囉？
耶
耶
據說(飯咖哩的舊名?)一詞就是克拉克博士所創的，或不是他所創的，總之有這類傳聞
飯咖哩
飯咖哩
指向哪裡呢
我看看是指向哪裡

哇！那就是真理嗎？佇在遠方的永遠真理。一看就知道了♪
眼睛一亮
就跟計程車司機說的一樣，一看就知道
怎麼可能知道！
煙霧瀰漫
回想到此為止
總之，最後的感覺還是很莫名其妙。因為札幌巨蛋就在那附近，還以為是指向那裡說……
對啊
對啊
是呀！真理怎麼看得到呢！
提供那種根本搞不清楚看得到還是看不到的曖昧資訊，真是傷腦筋！拜託請給有助於旅行的明確資訊，好嗎？
打嗝
牛奶碳酸燒酒
那邊又沒有人
對我而言，別說是永遠的真理，就連眼前的肉片在哪裡都看不清楚了……什麼嘛……
打嗝
這個成吉思汗烤肉是怎樣？乾脆不用吃了，先去避難比較好吧？咳…咳…好吃是好吃，就是煙太大了，什麼都看不到!!
為什麼成吉思汗烤肉的煙這麼大，誰去雅虎知識+幫我問一下
煙霧繚繞
不知道各位是否讀得愉快？謝謝觀賞到最後一頁
啪
肉呢
肉呢
啪
啪

結束

三年後的

結 語

很慶幸北海道篇也能再度復活
我想這完全都要感謝讀者諸君不變的支持
和北海道螃蟹不變的美味所賜。謝謝各位
這一次也追加了一些旅行趣聞，
感覺如何呢？成吉思汗。
如果有人說除了成吉思汗烤肉以外
其他的感想一律不認同，那我可就頭大了，Darling
以上是用福星小子中和羊肉(LAMU)同音的
拉姆(LAMU)的語氣說話
什麼？比稚內的冬天還冷？
那克拉克博士又該怎麼說？經過3年
終於搞清楚他右手指所指向何方了。
原來是真理呀！真理。呵呵呵，居然看得見。
真理看得見呀，老大…什麼？有點恐怖？
在另一層意義上，
比生息在魯夏灣的黑棕熊還要恐怖嗎！？
怎麼可能呢。所謂的真理，
大家該不會誤以為是一種抽象性的奇怪概念吧？
其實真理在任何時候都永遠不變。
換句話說「北海道的螃蟹好吃」
就是克拉克博士向我們展示的
永遠真理！我瞎說的啦！

2012.5月 Bon.

＊《福星小子》日本著名漫畫家高橋留美子的第一部長篇連載作品。主角之一台灣譯作拉姆，小鬼星球的公主，具有特殊能力，會飛，會發出電擊。

後會有期了

小澎粉絲必備

沒事只想宅在家看漫畫，一曬太陽就過敏，
比起旅行，更喜歡窩在房間的角落一動也不動……
沒有護照更沒有行李箱……總之從來沒出過國的我，
竟然被編輯硬拖著出國取材，還是去那遙遠的義大利 !!!

蝦密！
一到羅馬就被騙！
吃不到拿坡里番茄義大利麵搥心肝！
連買個水都好緊張！
在威尼斯想念死亡筆記本
和章魚燒到奄奄一息……

我，澎湃野吉，
正在義大利驚慌失措中 !!!

澎湃野吉
(小澎)
本書作者，不愛出門。

真理之口

足不出戶插畫家小澎，
在義大利醒來的第一個早上……
天啊！我已經不在日本了嗎？

來到了最有名的圓形競技場，當然一定要拿出井上先生拍照！

SUZU

小澎的編輯，出國經驗豐富。

井關老弟

精通義大利語與當地風土民情

富士山圖解
日本第一
劍峰(3776m)
九合目(3600m)
八合目(3020m)
七合目(2700m)
六合目(2390m)
五合目(2305m)
出發地點
呼
呼
呼
呼
呼
呼
呼
呼
呼
呼
呼
呼

登山當然要從裝備開始！
但不亂買東西就不是小澎了……
恐龍頭燈到底是什麼鬼東西啊！

金子

個性強悍，是惡魔(設定)。

好不容易爬上富士山，實在是太令人感動！但是下次實在不想去了……好累！

平田

專長：睡過頭。

TITAN 097

澎湃野吉旅行趣 3

北海道我真的冷到！

澎湃野吉◎圖文　張秋明◎翻譯　郭怡伶・Iris◎手寫字

出版者：大田出版有限公司
台北市10445中山北路二段26巷2號2樓
E-mail：titan3@ms22.hinet.net
http：//www.titan3.com.tw
編輯部專線（02）25621383
傳真（02）25818761
【如果您對本書或本出版公司有任何意見，歡迎來電】
行政院新聞局版台業字第397號
法律顧問：甘龍強律師

總編輯：莊培園
副總編輯：蔡鳳儀
編輯：張家綺
行銷主任：張雅怡
行銷助理：高欣妤
校對：陳佩伶
印刷：上好印刷股份有限公司　（04）23150280
初版：2013年（民102）十二月三十日
定價：新台幣280元
國際書碼：978-986-179-309-2　CIP：903/102020961

旅ボン－北海道編
TABITON：ITALY HEN Bonboya-zyu

Original Japanese edition published in 2009 by GOMA-BOOKS CO., LTD.
Augmented edition published in 2012 by SHUFU-TO SEIKATSU SHA Ltd.
Through Owls Agency Inc., Tokyo.

※本書係據2007年2月，2008年3月，2008年7月，3次北海道的旅行內容描寫出版。
※2009年5月依據GOMA BOOKS所出版的《北海道篇》再增修內容發行再版。

廣	告	回	信
台北郵局登記證			
台北廣字第01764號			

平　信

To：　10445

台北市中山區中山北路二段26巷2號2樓

電話：(02) 25621383　傳真：(02) 25818761

E-mail：titan3@ms22.hinet.net

大田出版有限公司（編輯部）收

From：

地址：

姓名：

※請沿虛線剪下，對摺裝訂寄回，謝謝！

大田精美小禮物等著你！

只要在回函卡背面留下正確的姓名、E-mail和聯絡地址，
並寄回大田出版社，
你有機會得到大田精美的小禮物！
得獎名單每雙月10日，
將公布於大田出版「編輯病」部落格，
請密切注意！

大田編輯病部落格：http：//titan3.pixnet.net/blog/

智　慧　與　美　麗　的　許　諾　之　地

✳請沿虛線剪下，對摺裝訂寄回，謝謝！

讀 者 回 函

你可能是各種年齡、各種職業、各種學校、各種收入的代表，
這些社會身分雖然不重要，但是，我們希望在下一本書中也能找到你。
名字／＿＿＿＿＿＿ 性別／□女 □男　出生／＿＿＿年＿＿＿月＿＿＿日
教育程度／
職業：□ 學生□ 教師□ 內勤職員□ 家庭主婦 □ SOHO 族□ 企業主管
□ 服務業□ 製造業□ 醫藥護理□ 軍警□ 資訊業□ 銷售業務
□ 其他＿＿＿＿＿＿＿＿＿＿＿＿＿＿＿
E-mail/＿＿＿＿＿＿＿＿＿＿＿＿＿＿ 電話／＿＿＿＿＿＿＿＿＿
聯絡地址：
你如何發現這本書的？　書名：北海道我真的冷到！
□書店閒逛時＿＿＿＿書店 □不小心在網路書站看到（哪一家網路書店？）＿＿＿＿
□朋友的男朋友(女朋友)灑狗血推薦 □大田電子報或編輯病部落格 □大田 FB 粉絲專頁
□部落格版主推薦＿＿＿＿＿＿＿＿＿＿＿＿＿＿＿
□其他各種可能 ，是編輯沒想到的＿＿＿＿＿＿＿＿＿＿＿＿＿＿＿
你或許常常愛上新的咖啡廣告、新的偶像明星、新的衣服、新的香水……
但是，你怎麼愛上一本新書的？
□我覺得還滿便宜的啦！ □我被內容感動 □我對本書作者的作品有蒐集癖
□我最喜歡有贈品的書 □老實講「貴出版社」的整體包裝還滿合我意的 □以上皆非
□可能還有其他說法，請告訴我們你的說法
＿＿＿＿＿＿＿＿＿＿＿＿＿＿＿＿＿＿＿＿＿＿＿＿＿＿＿＿＿＿
你一定有不同凡響的閱讀嗜好，請告訴我們：
□哲學 □心理學 □宗教 □自然生態 □流行趨勢 □醫療保健 □ 財經企管□ 史地□ 傳記
□ 文學□ 散文□ 原住民 □ 小說□ 親子叢書□ 休閒旅遊□ 其他＿＿＿＿＿＿＿＿
你對於紙本書以及電子書一起出版時，你會先選擇購買
□ 紙本書□ 電子書□ 其他＿＿＿＿＿＿＿＿＿＿＿＿＿＿＿
如果本書出版電子版，你會購買嗎？
□ 會□ 不會□ 其他＿＿＿＿＿＿＿＿＿＿＿＿＿＿＿
你認為電子書有哪些品項讓你想要購買？
□ 純文學小說□ 輕小說□ 圖文書□ 旅遊資訊□ 心理勵志□ 語言學習□ 美容保養
□ 服裝搭配□ 攝影□ 寵物□ 其他＿＿＿＿＿＿＿＿＿＿＿＿＿＿＿
請說出對本書的其他意見：

大田出版有限公司編輯部 感謝您！